Zu diesem Buch

«Ein starkes Stück!» («Hamburger Abendblatt»)

«Hochhuth kommt es auf das Erbe der Aufklärung an: die Würde des Individuums und die Verantwortung des einzelnen, derjenigen vor allem, denen politische Macht anvertraut ist. Vielleicht trifft es zu, daß der einzelne in der modernen Massengesellschaft immer unwichtiger wird. Aber wer so argumentiert, der zeigt auch, wie Hochhuth es ausgedrückt hat, ‹der Verantwortungsflucht die Notausgänge›. Dagegen setzt er seinen praktischen Humanismus, Lessings Devise ‹Es geht uns an›. Das Publikum begreift das, sonst wäre die immense Wirkung Hochhuths nicht zu erklären, von der Brecht, der nun wirklich ein avancierter Dramatiker war, nur träumen konnte.» (Hanjo Kesting, «Norddeutscher Rundfunk»)

Rolf Hochhuth, geboren am 1. April 1931 in Eschwege, war Verlagslektor, als er 1959 während eines Rom-Aufenthalts sein erstes Drama «Der Stellvertreter» (rororo Nr. 10997) konzipierte, das in 28 Ländern gespielt wurde.

Rolf Hochhuth

Juristen

Drei Akte
für sieben Spieler

Mit einem Essay von Günther Rühle

rororo
Rowohlt

Das Foto der
in der Hamburger Strafanstalt Vierlande
aufbewahrten Guillotine,
mit der während der Hitler-Diktatur
396 Menschen enthauptet wurden,
hat Wilfried Bauer aufgenommen

Umschlagentwurf Werner Rebhuhn

4. Auflage Januar 2001

Veröffentlicht im Rowohlt Taschenbuch Verlag GmbH,
Reinbek bei Hamburg, Oktober 1983

Gesamtherstellung Clausen & Bosse, Leck
Printed in Germany
ISBN 3 499 15192 8

In Memoriam
Dr. FRITZ BAUER
Generalstaatsanwalt von Hessen
1956 bis 1968

Der Tag ist aber wie die Mitternacht,
Die Gegenwart ist falsch, das Leben lügt,
Der weiß es, der die Toten reden macht.
Die Toten, deren Zeugnis mir genügt,
Sollst du verhören über diesen Streit;
Steh auf und geh, ich hab es so verfügt.

Chamisso

Erster Akt

Dem Assistenzarzt am Heider Kreiskrankenhaus und erklärten Atomkraftgegner Rüppell ist «aus dienstrechtlichen Gründen» fristlos gekündigt worden. Der Dithmarscher Landrat Buhse bestätigte auf Anfrage, er habe die Kündigung ausgesprochen, weil der Arzt «zwischen seiner privaten Überzeugung und seinen Dienstgeschäften keine Trennung» gemacht habe. Rüppell soll laut Kündigungsschreiben unter anderem während seiner Dienstzeit im Beisein von Patienten für eine Demonstration gegen das Kernkraftwerk Brunsbüttel geworben haben. In einer Presseerklärung des «Arbeitskreises Brokdorf» der Bürgerinitiative Umweltschutz Unterelbe hieß es dazu, diese Kündigung «eines engagierten Arztes, der aus seiner Ablehnung der Atomenergie keinen Hehl macht», sei ein «weiterer behördlicher Willkürakt gegenüber Andersdenkenden».

Frankfurter Allgemeine Zeitung, 29. Mai 1979

Schöngarten,
eine Landeshauptstadt in Westdeutschland.

Atelierartiges großes Zimmer im Obergeschoß einer verwahrlosten, weil seit Jahren zum Abriß ausersehenen Villa, die in der Gründerzeit von einem Textil-Industriellen errichtet wurde ... das Atelier war damals der Hobby-Raum (obgleich es das Wort noch nicht gab) seiner malenden Frau.
Erstens die Baukredit-Verteuerungen, zweitens, jüngstens die Nostalgie haben das pompöse, unpraktische, doch keineswegs unschöne Haus bisher bewahrt vor dem Abbruch, obgleich es bei weitem nicht so viel wert ist wie eine Bank oder ein Konzern heute für das Grundstück bezahlen würden. Da der Besitzer – schon lange nicht mehr die verarmten Industriellen-Nachkommen – dank der Vermietung nicht an drei Familien, sondern an ungefähr fünfzehn bis achtzehn Studenten und junge Berufstätige doch noch eine zufriedenstellende Rendite herausschlägt, so könnte es sein, daß die Verschiebung des Abbruchs das Haus jetzt überhaupt gerettet hat, weil inzwischen das wilhelminische Barock zwar noch nicht wieder gefällt, doch immerhin als weniger uniform und phantasielos empfunden wird als die gegenwärtige Architektur ... Die Barbarei, mit der zum Beispiel in Frankfurt am Main die dreißig Jahre lang allein herrschenden Sozialdemokraten von 1947 bis 1977 mehr alte Architektur vernichtet haben, als während des Hitlerkrieges Churchills Royal Air Force dort zertrümmerte, wäre jetzt nicht nur deshalb nicht mehr fortzusetzen, weil die Partei zur Vernichtung nicht mehr so viel Architektur vorfindet wie noch bei ihrer Machtübernahme, sondern auch dank der vielgeschmähten «Jungen Linken» nicht. Sogar die «Frankfurter Allgemeine» hat an-

läßlich des Wiedererscheinens von Wolf Jobst Siedlers «Die gemordete Stadt», jenes ersten Buches überhaupt, das um 1960 vergebens am Beispiel West-Berlins darauf hinwies, daß weniger die Kriege, als vielmehr die Behörden und «Architekten» von heute die Todfeinde alter Architektur sind, zugestehen müssen, daß «die Unterstellung, hier werde die Gegenwart samt ihren Bedürfnissen und Zwängen von oben herab durch die barocke Allüre einer konservativen Gesinnung lächerlich gemacht ... erst überwunden werden [konnte], nachdem der studentisch-intellektuelle Aufruhr ein Protestbewußtsein befördert hatte, das nach und nach von der Aggressivität zu den sanfteren Formen der individuellen Selbstbehauptung hinüberleitete und sich nun in der Nostalgie-Bewegung populär auslebt» (Sybille Wirsing).
Auch dieses Haus wurde gerettet durch eine sogenannte Kommune, obgleich sie keine ist: außer einigen Küchen und Notküchen und Toiletten besitzen die Bewohner unter diesem Dach nichts gemeinsam.
Die verjährte Bauweise ist diesem Raum sehr zugute gekommen, auch das schräge Atelierdach und -fenster, vor allem links im Hintergrund ein Erker, der eine schmale Balkontür zum Dach hat, das so breit ist, daß man Sonnenbäder dort nehmen kann.
Die alptraumhafte Häßlichkeit eines langen, den halben Raum überziehenden Ofenrohrs und auch der große Ölofen selber werden neutralisiert durch die mit wenig Geld, doch viel Geschmack als Provisorium ausgesuchten Möbel und Bilder und Büchergestelle und Poster, obgleich diese Möbel – abgesehen von einem Erbstück, einem sehr schönen Biedermeier-Sekretär in Kirschholz – durchaus keine Stilmöbel sind, sondern ausrangierter Großeltern-Hausrat, zu dem aber ein schöner brauner Schaukelstuhl zählt und eine kostbar mit Messing be-

schlagene Wanduhr, die einen guten Klang hat. Drei barbarisch große Heizkörper der längst verrotteten Zentralheizung, die vor achtzig Jahren mit dem Haus gebaut wurde, doch seit dem Zweiten Weltkrieg nicht mehr funktioniert, stören fast nicht; so wenig wie der große Gossenstein unter einer geschmackvoll mit Jugendstil-Kacheln belebten Wand. Beherrscht wird der Raum von zwei großen Fenstern übereck, dem Erker, zu dem zwei Stufen hinaufführen; zwischen diesen Fenstern ist die schmale Tür zum Dachbalkon. Durch Fenster und Balkontür sind die Wipfel eines hohen Ahornbaums sichtbar . . .

Die Bilder sagen einiges über die – um diesen Raum oft beneideten – zwei Bewohner: neben einem großen Ausstellungsplakat des Stuttgarter Museums, das Caspar David Friedrichs «Riesengebirge» farbig und originalgroß zeigt – hängt da ein Poster von Staeck: Bundesrichter Benda vor einem Kruzifix, unter der gelben Überschrift: Es lebe § 218.

Darunter steht kleiner gedruckt: Der Beitrag des Bundesverfassungsgerichts zum Jahr der Frau. Es handelt sich um ein Plakat, das für die Aufführung von Friedrich Wolfs «Cyankali» im Stuttgarter Staatstheater warb . . . Dieses Plakat ist größer, als jene vor dem Theater gewesen sind, es ist so groß, daß es fast ausreichte für eine Litfaßsäule, demnach gut erkennbar. Dieses weite seelische und geistige Spannungsfeld zwischen Caspar David Friedrich und Klaus Staeck wird durch kleinere Bilder noch bestätigt und illustriert: da ist ein Plakat, das Bertrand Russell zeigt, wie er auf dem Trafalgar Square zwischen jungen Demonstranten auf der Erde sitzt, über neunzigjährig. Da sind aber auch drei Fotos nach Tierplastiken der Renée Sintenis. Das große Rad aus den Carceri des Piranesi – ebenfalls ein Ausstellungsplakat,

ein italienisches –, doch auch ein schöner, schmaler Orientteppich als Wandbehang. Und eine Ferien-Erinnerung: das große bunte Plakat eines römischen Amphitheaters in Südfrankreich . . . aus einem Reisebüro. Tina und Dieter, offensichtlich, hausen nicht unterm Dach, weil sie zu arm wären – sondern aus Abneigung gegen die bürgerlichen Einheitsgehäuse einer BRD-Stadt; und weil sie «Sympathisanten» der anderen Bewohner des Hauses sind . . .
Das vergammelte, fleckenweise eingeschwärzte Parkett ist zum geringeren Teil durch einen anspruchslosen, sauberen Sisalteppich belegt; das breite Doppelbett steht neben der kleinen Empore, die den Erker mit der Balkontür bildet. Flaschen mit Schnäpsen und Likören im unteren Fach eines offenen Bücherregals, das nicht sehr groß ist. Ohne im geringsten schmuddelig zu wirken, merkt man doch dem großen Schlaf- und Wohnraum an, daß die Hausfrau sich nicht sehr um ihn kümmern kann, da sie berufstätig ist. Die drei Türen zu Küche, Bad und Speicher, auf dem – unsichtbar – auch die Korridortür ist, das heißt jene Tür, die den Speicher mit dem Treppenhaus verbindet, sind im Raum harmonisch angeordnet, wie denn überhaupt wenigstens noch rudimentär sichtbar bleibt, daß dieser Architekt von 1890 ein erster Mann in seinem Fach war.

An dem großen Ölofen hantiert, als der Vorhang aufgeht, mit Ungeduld und Ungeschick

DIETER HELLGRÜBER,

ein studentisch behaarter und gekleideter, übrigens bartloser Mann von 27 Jahren. Er murrt, nachdem er zweimal versucht hat, den Deckel des Ofens zu öffnen:

Dieses verdammte . . .
und das bei drei Heizkörpern!

Dieter spült am Wasserhahn über dem altmodischen Gossenstein die Hände ab, nimmt Platz, mehr liegend als sitzend, an seinem Tisch (der ein alter, langer, tuchloser, gewöhnlicher Eßzimmer-Auszieh-Tisch, kein Schreibtisch ist) und setzt seine Arbeit fort: Lektüre mit Bleistift in einem juristischen Wälzer, einer roten C. H. Beck-Ausgabe. Neben sich die Schreibmaschine, auf die er hin und wieder blickt, weil er an Hand des Buches einen Text in der Maschine überprüft, dann auch ergänzt. Kaum, daß er begonnen hat, ungeübt langsam zu tippen, klingelt es. Er sieht auf die Uhr, murmelt erstaunt:

Jetzt schon? –

da klingelt es abermals, ehe er noch zur Tür rechts hinaus ist, um zu öffnen. Die große Tür – alles in Raum und Haus hat ja wilhelminische Dimensionen – bleibt offen hinter ihm, der auf den Speicher hinaustrat: vor dem Atelier ist kein gewöhnlicher Flur, sondern der unbebaute Teil des riesigen Dachbodens, der eine nicht mehr sichtbare Tür hat, an der geschellt wurde. Man hört:

Guten Tag.

Dieter, kühl: Tag. Bitte?

FRAGER, *schwäbelnd*:

Wohnt Fräulein Heilmayer – w i r k l i c h do?
Ich habe diese Blumen abzugeben . . .

DIETER: Schon richtig hier.

Man hört, wie er die Speichertür zumacht; ins Atelier tritt vor ihm einer der bestangezogenen Männer der Landeshauptstadt mit einem übergroßen Blumenstrauß, der kostbar verpackt ist. Der schöne, breite Mann, Mitte Dreißig, trägt einen dicken grauen Rock aus teuerem englischen Tuch, dunkelblaue Hose und italienische Schuhe, auch hat er am Arm ein goldenes Kettchen; ob er parfümiert ist, kann man nicht riechen, doch muß man das vermuten: er ist der Chef der Leib-Wächter des Herrn Ministers, aufgestiegen aus dem Stande des «herrschaftlichen» Chauffeurs eines Industriellen. Obgleich Dieter Hellgrüber aus Regierungsauffahrten in der Tages- oder Regionalschau den Mann kennt, macht er sich den Spaß, zu fragen, als der Beamte schweigend, weil staunend das fürchterliche Ofenrohr mustert –

Von welchem Blumengeschäft kommen Sie denn?

HÄMMERLING: Ich komme von keinem Blumengeschäft,
ich bin doch Herr Hämmerling!
Polizeimeischter Hämmerling,
der Chefwächter vom Herr Minister!

DIETER: Aha – ich heiße Hellgrüber.

HÄMMERLING: Des weiß ich.

DIETER, *amüsiert und hinterhältig*: Wieso?

HÄMMERLING: Wieso – «wieso»?

DIETER: Ich meine, wieso Sie wissen, wie ich heiße?

HÄMMERLING *argwöhnisch, ob er auf die Schippe genommen wird – oder ob dieser Mann tatsächlich so naiv ist; er schwäbelt wie einer, der sich befleißigt, das nicht zu tun*:
Ha no, ich bin natürlich amtlich informiert worden,
mit wem hier meim Chef sei Tochter . . . weil . . .
ja, wisse denn Sie noch net, daß der Chef,
i moin, der Herr Minister heut daher kommt?

DIETER, *beiläufig*:
Doch, hörte ich . . . aber hoffentlich jetzt noch nicht!
Was machen wir denn mit den Blumen, ich fürchte,
eine so große Vase gibt's hier gar nicht, aha:
Fräulein Doktor Heilmayer
. . . hat sich aber schnell rumgesprochen,
daß Fräulein Heilmayer seit gestern den Doktor hat!
Er hat das an dem Cellophan, in das die Blumen verpackt sind, angeheftete Kuvert gelesen, gibt Herrn Hämmerling den schweren Strauß zurück, um sich im Nebenzimmer links, offenbar dem Bad oder der Küche, nach einem Gefäß umzusehen, während

HÄMMERLING *erklärt*:

Weil Herr Minister des Kuvert selbscht adressiert hat.
Er hat übrigens auch einen neuen Titel bekommen.

DIETER, *tritt aus dem Nebenraum mit einem kleinen Plastikeimer, den er mit Wasser füllt*:
Gab's denn einen, den er noch nicht hatte?

HÄMMERLING, *erfreut*:
Der Herr Minischter wurde am Nachmittag
einstimmig zum Ehrenpräsidenten
des bundesdeutschen Tierschutzvereins gewählt!
Hochachtungsvoll: Einstimmig!

DIETER: Dann muß ihm die Tochter auch Blumen
schicken – hätte er den Strauß gleich behalten!
Da Hämmerling noch nichts unternimmt, wieder zu gehen:
Nehm Sie doch Platz, da sind Zigaretten
– trinken Sie einen Whisky?
Ich wußte gar nicht, daß er sich für T i e r e interessiert!

HÄMMERLING, *eifrig, sein Schwäbeln nimmt zu, sobald er nicht «amtlich» redet*:
Durch Tier sind mir jo erscht zusammekumme,
ich und der Herr Minischter: er hat mich
bei den Ausscheidungskämpf von de Zollhund,
obwohl ich nicht beim Zoll war, beobachtet,
meiner, des war en Boxer, hot den erschten Preis
beim Unterordnungs-Dienst geholt . . .

DIETER, *höflich*: Was ist – Unterordnungs-Dienst?
Was gibt's da für Preise?

HÄMMERLING: Sitze, Platz, also Einordne – und Preis,
ha no, e paar Kochwürscht, Kaschte Bier –

DIETER, *erstaunt*: Bier für den H u n d?

HÄMMERLING: Ha noi, Bier für den Hunde-Halter,
Wurscht für den Hund.
Mich hat dann der Herr Minischter bald
zum stellvertretenden Leiter
der Diensthundestaffel ernennt,

seit dem 1. 3. bin ich der Leiter
der Hundestaffel eins.

DIETER: Aber Boxer seh ich da nie in der Tagesschau,
immer nur Schäferhunde!

HÄMMERLING, *bekümmert*:
Deutsche Schäferhond sogar nur,
Boxer hond sich net recht durchg'setzt;
obwohl mer sie, genau genomme, no exakter
auf der Mann abrichte kann;
im Unterordnungs-Dienst sind sie,
wenn Sie mich fragen,
besser wie der deutsche Schäferhund.
Aber do send Vorurteil, wissedse,
Wie halt bayerische Politiker lieber en BMW fahre,
denkt man oben, daß dem deutschen Polizischten
der deutsche Schäferhund mehr zu Gesicht steht
– gestatten Sie, daß ich hier dienschtlich
einige Fragen stellen muß . . .

Er ist offenbar gehemmt, weil es die Behausung der Tochter seines Chefs ist; ohne einen Funken Mitgefühl nutzt Dieter das aus, sarkastisch Hämmerlings Befangenheit zu steigern, indem er sich dumm stellt.

DIETER: Mir? Aber was versteh ich von Schäferhunden!
Trinken Sie nichts?

Er schiebt ihm zwei Flaschen hin, Hämmerling hebt abwehrend die Hand.

HÄMMERLING, *jetzt amtlich-feierlich*:
Im Dienscht net! Und rauche schwächt nur
das Witterungsempfinden, den Geruchsinn.

DIETER: Wie denn, riechen müssen Sie auch können,
ich dachte, dafür haben Sie Hunde!

HÄMMERLING *ganz ernst*:
Aber es gibt doch e Haufe Gerüche, auf die der Hund
gar nicht zu dressieren ischt . . . entschuldigen Sie!

Wichtig schaut er auf seine sehr große Armbanduhr, nimmt dann aus der Tasche, während er redet, das Funksprechgerät ...

Das ischt ein so riesiger Altbau mit ganz
unterschiedlichem Bewohnerbestand;
darf ich mich umsehen, denn das Haus stellt ja
ein Sicherheitsrisiko erschter Ordnung dar.

DIETER, *der schon gar nicht mehr den Versuch macht, zu verbergen, daß er ihn verhöhnt*:

Ach, ich hatte doch wahrhaftig gedacht,
Sie kämen nur, um Blumen abzugeben.

HÄMMERLING, *wichtig*:

Blumengebinde von diesem Umfang gehören
durchaus in unseren Zustellungs-Bereich.
Darf ich fragen, ob Sie selber unser Augenmerk
in diesem Haus auf besondere Zielpunkte
und Gefahrenquellen lenken können?

DIETER: Ja: der Ölofen!

Wird irgendwann explodieren,
Fräulein Heilmayer und ich haben deshalb
schon längst geplant, ein Testament zu schreiben.
Das hat er so belustigt gesagt, daß

HÄMMERLING *jetzt den Ton aufnimmt*:

Aber Sie müssen doch verstehen,
seit der Entführung des Arbeitgeber-Präsidenten
ischt Bürgerkrieg,
und ein derart verwinkeltes Haus
in dem 21 Studenten wohnen, angeblich:
die genaue Zahl fehlt ...
detailliert zu observieren, ehe ein so gefährdeter
Politiker es betritt, der bestimmt
nächschtes Jahr Minischterpräsident wird!

DIETER, *der erstaunt zuhört, wie geläufig Hämmerling das ihm eingestanzte Vokabular zitiert, sagt scheinbar eifrig*:

Soo? – einundzwanzig!
Hätte ich nicht gedacht so viele . . .
Bitte, natürlich, alles absuchen –
diese Tür führt direkt aufs Dach;
so verwinkelt, daß wir uns nackt auf ihm sonnen;
dort die Tür geht zu Bad und Klo,
drüber die zur Küche. Und der Speicher,
da steht Gerümpel, das Sie ansehen sollten!
Ich kann ein bißchen weiterarbeiten?

HÄMMERLING *beunruhigt*:
Beträte außer Ihne und em Frollein Heilmayer
Fräulein D o k t o r Heilmayer – noch andere des Dach?

DIETER: Ist doch schon lange kein Wetter mehr,
sich zu sonnen!

HÄMMERLING: Aber ischt diese Tür der einzige Zugang?

DIETER: Ja, doch: wird wohl die einzige Tür sein!
Herr Hämmerling, kein Sterblicher kann a h n e n,
daß heute der Minister seine Tochter besucht,
die er noch n i e,
und wir hausen hier nun zwei Jahre, besucht hat!
Sie hat ihm erst gestern die Zusage abgerungen . . .

HÄMMERLING: Am Telefon?

DIETER: Nein, sie war zu Hause; weil doch ihre Mutter
zur Kur ist, geht sie jetzt oft zum Abendbrot hin –
Sie können gern jede Dachziegel hochheben,
nur gebe ich zu bedenken,
das weckt schlafende Hunde!
Hitler, las ich mal, folgte seinem Prinzip,
u n r e g e l m ä ß i g zu kommen und vor Ausfahrten
niemals die Polizei zu informieren,
weil die mit ihrem Absperrungstick alles verrät
– und leider hatte er ja recht, als er sagte,
ein solches Verhalten allein schütze vor Attentätern.

HÄMMERLING: Aber mindestens fünf Ihrer Mitbewohner

sind – ha no: wert, daß man sie genauer anschaut,
bevor daß der Herr Minister hierher kommt.

DIETER: Welche fünfe sind das?

HÄMMERLING: Weiß nicht, ob ich Ihne des sage darf.

DIETER, *achselzuckend*: Wie Sie meinen –
doch wenn Sie mit diesem Walkie-Talkie –
Denn der Beamte hat schon wieder das Funksprechgerät in der Hand –
durch das Haus marschieren, könnten Sie ebensogut
mit einer Sirene im Wald pirschen!

HÄMMERLING *steckt das Gerät ein*:
Das sieht ja keiner, ich darf ja auch die Zimmer
in dene andere Etage leider net anschaue,
vorläufig noch net;
ohne Durchsuchungsbefehl, nur wär i gern mal
aufs Dach gange ... sind die Korridortüren
der einzelnen Etagen meistens zugschperrt?

DIETER: Offen sind die, immer offen –

HÄMMERLING: Denn an denen muß ja der Minischter
vorbeigähe, wenn er naufkommt!

DIETER, *der immer «der» sagt, nicht: «er»*:
Sofern der nicht mit Tatü-tata und Blaulicht vorfährt
– wird kein Kommilitone
ihn im Treppenhaus empfangen, gesetzt den Fall,
was ich für sehr unwahrscheinlich halte,
daß überhaupt einer sich für den interessiert.

HÄMMERLING: Dann observier i emol aufm Dach.

DIETER: Rutschen Sie nicht, hat geregnet.

HÄMMERLING *in der Balkontür zum Dach*:
Von diesem Baum da,
kann man natürlich sehr gut Ihr Zimmer einsähe,
wenn Licht brennt ... habe Sie koin Vorhang?

DIETER, *eine Handbewegung zu dem schräg abfallenden, noch immer hohen Dach, unter dem ein Sessel steht*:

Nein, aber wir werden den Herrn Vater so placieren,
daß er von dem Baum weder zu schießen
noch zu sehen ist –
Hämmerling verschwindet aus der Dachtür, Dieter benutzt das Alleinsein, um einige wenige Handgriffe erst an dem noch ungemachten Doppelbett zu tun, deckt es wenigstens zu und nimmt Tinas Nachthemd weg, das über der Sessellehne hing, und legt es unter die Steppdecke. Dann hantiert er wieder am Ölofen . . . gerade hat er sich Kaffee eingeschenkt und die Tasse zum Arbeitstisch getragen und versucht, sich in den juristischen Wälzer wieder zu vertiefen, da läutet – ganz im Vordergrund – das Telefon. Er seufzt, flucht dann:
Arbeit – oder Besuch, idiotisch!
Jetzt in den Hörer:
Ja – wer? ach, du bist es, Klaus!
Wo bist du denn – was? Dann komm rauf.
Er muß lachen, er lacht aus Schadenfreude.
Wunderbar, wenn die Macht wenigstens dumm ist!
Wie? – nein, nein, du täuschst dich durchaus,
die Bullen suchen keinen, nicht einmal dich,
die besuchen nur jemanden,
und zwar des Ministers Töchterlein, das leider
nicht daheim ist, so daß sie mit mir vorliebnehmen.
Zuhörend, dann: Wieso soll ich nicht frei sprechen
in unserem freiheitlich demokratischen Rechtsstaat
und meiner Wohnung – nee, ich bin allein,
weil der das Dach absucht, eine Vorsichtsmaßregel,
um die gesamte Nachbarschaft darauf hinzuweisen,
daß hier in unsrer trauten Hütte
ein sehr bedeutender Besucher erwartet wird . . . Du!
Sein Lachen zwischendurch zeigte an, wie Klaus sprach; jetzt ernst:
Quatsch, du hast Verfolgungswahn.
Komm nur her, aber nicht gleich,

sondern – ruf an in einer halben Stunde,
dann wird der wohl weg sein, mach's gut!
Ohne Übergang zu Hämmerling, der vom Dach zurückkam, unverhüllt schadenlustig:
Wie ich's Ihnen voraussagte: zwar keine schlafenden Hunde, aber alle Schlafenden
– Studenten schlafen ja gern lange –
sind nun wach!

HÄMMERLING, *aufgeschreckt*: Wieso!

DIETER: Weil auch im Treppenhaus Polizei steht!

HÄMMERLING: Unsinn, nur mein Fahrer
und der stellvertretende Leiter
der Dienschthondestaffel, die auf mich warte.

DIETER: Aber mit Hunden!

HÄMMERLING: Mit einem Hond –

DIETER: Angst genug macht der jedenfalls, der eine!
– ein Arzt hat mich eben angerufen, ob ich noch da
oder schon verhaftet sei!

HÄMMERLING: Was kann ein Arzt denn Ihne zutraue,
daß er Ihre Verhaftung für möglich hält!

DIETER: Ihnen – nicht mir traut der viel zu.

HÄMMERLING: Und dieser Arzt wohnt hier im Haus?

DIETER: Nein, der kam von auswärts,
Fräulein Heilmayer zu besuchen –
und machte, daß er wegkam,
aus Angst vor dem Hund oder dem Hunde-Führer.
Er sagte, er habe Bewohner im Treppenhaus
diskutieren sehen, da sei er getürmt ...

HÄMMERLING, *bedrückt*:
Verdammt! ... an sich wär i jetzt verpflichtet,
der Herr Minischter darauf hinzuweise,
daß er besser Abstand nimmt von seinem Besuch!
Ein solches Haus ischt überhaupt nicht zu sichern,
ohne daß mer die Bewohner evakuiert.

DIETER, *erbittert belustigt*:
Tun Sie, was Sie für gut halten:
nur geb ich zu bedenken, der Minister hat –
nicht aus Angst, sondern aus Abscheu gegen mich –
zwei Jahre ‹davon Abstand genommen›,
fünfhundert Besuche, die seine Tochter ihm machte,
mit nur e i n e m zu erwidern,
höchst unwahrscheinlich also,
daß ein potentieller Attentäter
ausgerechnet h i e r und heute ihm auflauert.
HÄMMERLING, *ernst*: Net auflauert, natürlich net.
Aber Gelägenheit macht Diebe –
auch Menschen-Diebe, neuerdings!
DIETER: Dann können unsre Minister sich überhaupt
den Untertanen nicht mehr zeigen,
außer in der Tagesschau . . .
was allerdings auch völlig ausreicht.
HÄMMERLING: Sie send aber geladc gcgcn die Herren!
DIETER: Sollen wir sie lieben,
diese unermüdlichen Selbstversorger?
Präsidentschaftskandidat Carstens
gibt einem schon zum Frühstück,
ich hörte es heute in den Neun-Uhr-Nachrichten,
daß keinem tüchtigen Deutschen mehr zuzumuten sei,
für weniger als zwölftausend Mark monatlich
zu kandidieren für den Bundestag:
da sollten die sieben Prozent
Arbeitslose zwischen 18 und 25
diesem Staat den Bürgerkrieg erklären!
Das Recht auf Arbeit wollte schon 1883 Bismarck
gesetzlich jedem garantieren –
wurde jedoch abgeschmettert
im Reichstag von den Liberalen:
Wer's nicht hat, dieses Recht,

muß sich's mit Gewalt erzwingen.
HÄMMERLING: Ja, des ischt so e Problem,
i bin froh, daß mich die Politik nichts angeht;
mich hat der Staat eing'stellt, keine Partei.
DIETER: Wo Diätenfragen anfangen –
hören Partei-Unterschiede auf.
Was entdeckt auf dem Dach?
HÄMMERLING: Wie erwartet: zahlreiche Zugänge;
also zu schützen in Ihrem Raum hier ist niemand,
ohne daß drei Scharfschützen
verteilt werden auf däm verwinkelte Dach,
des isch ja so groß wie ein Messegelände.
Ich kann diese Verantwortung nur ablähne.
Sagen Sie: die drei Korridortüren unten
stehen also offen zum Treppenhaus?
DIETER: Wie ich sagte: Tag und Nacht offen,
wie alle Küchentüren; wenn Sie eine Etage betreten
und dort trifft Sie jemand, wird er fragen,
ob er Ihnen Tee anbieten darf . . .
irgendwer kocht da immer Tee.
HÄMMERLING, *wirft sogar die Arme hoch*:
Des isch ja schrecklich!
DIETER: Aber strafbar noch nicht – erstaunlicherweise.
Er lacht.
Nicht mal verdächtig ist Teekochen!
HÄMMERLING: Sie sehen nur Ihre Lage,
ich kann nur empfähle, Abstand zu nehmen
von dem Besuch.
DIETER: Das wäre aber furchtbar schade –
HÄMMERLING, *total unschlüssig*:
Ja . . . no wär's tatsächlich g'scheiter –
Er fliegt fast in den Raum, weil in stürmischer Eile die Tür aufgestoßen wird, die er schon am Griff hatte, um endlich zu gehen. Herein kommt

TINA: Sie hier, Herr Hämmerling – was gibt's!
DIETER, *hinzeigend*: Blumen gibt's!
HÄMMERLING: Fräulein Doktor – i gratulier!
TINA, *wie sie hier heißen soll, da ihre Freunde sie so nennen, hat ihm die Hand hingestreckt*:
Und da bringen Sie diese herrlichen Blumen
– waren Sie das eben: auf unserem Dach!
HÄMMERLING, *töricht*: Hond Sie des g'sähe?
TINA: Jeder! Passanten blieben stehen
– nur als Schornsteinfeger würden Sie nicht auffallen.
Sie lacht und gibt Dieter, der noch schlief, als sie ging, einen Kuß.
DIETER, *erstaunt*: Wieso kommst du jetzt?
TINA, *kurz*: Ärger gehabt, muß wieder hin –
HÄMMERLING, *unsicher*:
Ja, dann: darf ich mich verabschiede.
TINA, *gibt ihm wieder die Hand, da er offenbar darauf wartet*:
Herzlichen Dank für die Blumen,
wir sehen uns ja, wenn Sie Vater bringen –
Sie geht ins Zimmer.
DIETER *bringt Hämmerling auf den Speicher und hinaus. Als er gleich wieder ins Zimmer tritt, man hörte ihn draußen*:
Wiedersehen
sagen, ruft er erstaunt:
Du hast ja geweint, freu dich doch:
Dein Vater wurde einstimmig gewählt,
einstimmig, wie Hämmerling betont:
Zum Vorsitzenden
der bundesdeutschen Tierschützer!
Er will sie in die Arme nehmen, sie macht sich los.
TINA: So? – Vorsicht: ein Tierfreund – für Menschen
haben die dann meist nicht mehr viel übrig.
DIETER *nimmt sie nun doch in den Arm*:
Was ist dir passiert,

du guckst die Blumen nicht mal an!

TINA: Die kann ich gleich mitnehmen, für einen Sarg.

Sie will sich losmachen, er muß sie festhalten.

DIETER: Du heulst ja gleich wieder! Für wessen Sarg?

TINA, *nimmt ein Taschentuch*: Entschuldige!

Er drückt ihren Kopf an seine Schulter, sie macht sich bald los, tritt ins Zimmer, legt ihre Tasche auf ihr Bett und stößt hervor –

Ich heule nicht, aber ich bin unsrem Scheißberuf . . .
nicht gewachsen! Ich –
Kannst du dir vorstellen,
wie eine Erdrosselte aussieht?

DIETER: Erdrosselt?

TINA: Weil ein Handtuch-Halter zu niedrig ist,
um sich dran zu erhängen.
Unsre Jugoslawin, mit ihrem Schürzenband –

Sie erzählt, was tatsächlich im Frühjahr 1973 in der Kölner «Vollzugsanstalt» Klingelpütz vier in «Gewahrsam Einsitzende» sich angetan haben:

Der vierte Selbstmord: vier in sechs Wochen!

DIETER – *nötigt sie, sich neben ihn aufs Bett zu setzen, zündet eine Zigarette an, gibt sie ihr dann, während er fragt*:
Hast du sie gefunden?

TINA, *schüttelt den Kopf*: Aber gesehen.
Schon in der Leichenkammer.
Und ich bin mitschuldig, ich hätte –

DIETER, *heftig*: Verrückt bist du – «mitschuldig»:
was kannst denn du . . .

TINA: Doch! Wozu hatte ich Aufsicht –

DIETER: Nicht heute nacht!

TINA: Als wir's gemacht haben gegen fünf
– um diese Zeit ist es passiert!

DIETER: Und das wirfst du dir vor – und mir?
Du drehst durch! Ist überall so auf der Welt:

daß Menschen sich töten
– zur selben Stunde, in der andere sich lieben.

TINA: Nein, nein – ich habe ja gesehen,
seit einer Woche, wie apathisch sie . . .
Blumen, denen man Wasser zu geben vergessen hat.
So sah sie aus. Aber ich ließ mich täuschen:
wenn ich sie ansprach, bekam sie wieder
ihre bohrenden, fanatischen Augen,
daß ich dachte: die bringt noch einen um . . .
hat sie ja nun auch, einen völlig Unschuldigen: sich!

DIETER: «Völlig unschuldig» – wie ein Laie redest du,
Liebling, es ist wirklich –

TINA, *jetzt heftig, ihr Kummer schlägt um in Ärger, in Wut*:
Völlig unschuldig – red doch hier nicht mit,
du kennst ja ihren Fall nicht!

DIETER: Immerhin also ein Fall –

TINA: Ein Fall von Bürokratie und Behördenleerlauf
und Betrug am Steuerzahler, denn wozu saß die?
Vor acht Wochen ausgewiesen – für dauernd.
Aber nicht mit einer Fahrkarte zur Grenze gebracht,
obgleich angeblich sofortige Vollziehung geboten war,
sondern eingesperrt wurde sie, weil das Ausländeramt
im sogenannten öffentlichen Interesse
die Anordnung der Abschiebungshaft
auf acht Wochen erwirkte.

DIETER, *zieht seine Schulter hoch, kann ihre heftige Aufzählung nur mit der Bemerkung unterbrechen*:
Also eine Illegale war sie –

TINA, *bestimmt*:
Nein: keine Illegale. Auch keine Vorbestrafte.
Sie hat nur versäumt, Paß, Aufenthalts-
und Arbeitserlaubnis verlängern zu lassen.

Während Tina den «Fall aufrollt» – wird sie von der Vision angefallen, selber die erdrosselte Jugoslawin zu sein . . . das ist nicht unnatürlich; technisch ist ja heute ohne weiteres möglich, auch im Theater die Gedanken und Selbstreden zu zeigen, die der Roman mit Worten wiedergibt.

Die Tote, die hier wandgroß als total solarisiertes Foto – also graphikgrau – Tina vor Augen tritt, ist sie selbst, Kinn hochgereckt, Kopf im Nacken, zugedeckt, eingesargt . . . friedlos entstellt, wie diese zweiundzwanzigjährige Jugoslawin Ljubica Skledar, die sich am 1. Februar 1973 mit ihrem grünen Schürzenband im Kölner Klingelpütz erdrosselt hat . . . Vom Gefühl der Mitschuld, das lebhaft in Tina rebelliert, ist die Erscheinung der aus Unglück in den Selbsttod getriebenen Gleichaltrigen ihr jetzt, während sie aus dem königlichen Blumenstrauß zwei zu machen begann, drastisch aufgezwungen worden. Dieter nimmt nichts wahr von dem, was Tina auch sieht, während sie ihm die Kurzbiographie der Umgekommenen rapportiert . . .
Bedarf es, um vorauszuschauen der Fähigkeiten Kassandras – der, zurückzuschauen auf das, was sich ereignet hat, bedarf es keiner anderen Mitgift als jener, die jedermann hat, vorausgesetzt, den Willen dazu hat er auch. Während Tina spricht, ist jetzt das Licht von ihr und Dieter so weit zurückgewichen, daß die Tote den Raum beherrscht . . .
Noch mehrmals werden an diesem Abend Tote als uneingeladene Gäste sich hereindrängen . . . so wie sie uns zuweilen auf die Bettdecke kommen, lebendiger als jener, der mit uns im Bett ist und sie nicht sieht.

Sie stehen hier, ungebetene Eindringlinge, so erschrekkend unter den Sprechenden wie in vielen Gedichten Trakls:

«Die Schatten der Alten unter der offenen Tür».

«Dem Teppich entsteigt Gebein der Gräber».

«O ihr zerbrochenen Augen in schwarzen Mündern».

Nicht anders wie in der Prosa Trakls: «Leise läutet im blauen Abend der Toten Gestalt ... ihr Antlitz hat sie verlassen. Oder es neigt sich verblichen über die kalten Stirne des Mörders ... Ein Toter besucht dich ... in schwarzer Braue nistet unsäglicher Augenblick; dunkle Begegnung ... da jener im grünen Schatten des Ölbaums erscheint. Dem folgt unvergängliche Nacht.»
Tritt in seinen Gedichten ein «Sohn ins leere Haus seiner Väter ... treten jene verstorben aus kahlen Zimmern». Oder: «Am Abend begegnen sich Auferstandene auf Felsenpfaden.» Und wie oft, daß eines «Toten Antlitz sich am Fenster regt»! Oder im Garten «die Schwester freundlich mit Gespenstern spricht». Hatte er so selbstverständlich mit Toten Umgang, daß er fast beiläufig sagen konnte: «Hinter ihm steht sein toter Bruder» oder, nicht anders wie von Lebenden, «die Stimmen von Frauen, die längst verstarben» vernahm, so sollen auch hier gewaltsam oder schuldig von uns Abgetrennten die Wände – die keine sind – offen sein ...
Auch Ernst Jünger hat in seinem Journal «Jahre der Okkupation» immer wieder übergangslos – beim Entdecken des magischen Charakters einer Landschaft – seinen geistigen Aufbruch in Räume registriert – keineswegs nur im Traum –, die nicht identisch sind mit unserer sogenannten, mit der fotografierbaren Realität: «Es greifen ja immer verschiedene Vermessungen übereinander; ein Wald, ein Haus, ein Garten können in noch ganz andere Kataster, als wir ahnen, eingetragen sein. Die Geisterer-

scheinungen, das zweite Gesicht und ähnliches gehören hierher. Die Schichten, die übereinander liegen, haben sich verwischt.»

Und Jünger spricht von den Gefahren dieser Wanderungen im Schlaf und Wachen. Da können Vorstellungen zum Sog werden, der uns mitzieht wie Strudel eines Stroms. Zum Abgrund wird ein Hintergrund: «Man fürchtet, sich ihm hinzugeben ... weil man in ihm verschwinden könnte wie die Hamelnschen Kinder im Koppenberg ... Man dringt in Räume ein, aus denen man schwer zurückfindet.»

So dringen umgekehrt auch in unserem Raum hier, ins Wohnschlafzimmer zweier Studierender – die Toten ein, die immer am deutlichsten zu uns reden, uns umstellen, wenn wir sie verdrängen möchten. Und wenn sie nicht abgeschieden sind, sondern – gewaltsam – ausgeschieden wurden. Daß sie fort wären, nur weil man sie erschossen oder erhängt oder geköpft hat, ist aber eine Illusion; die BRD als Land mit der zahlenstärksten Buchproduktion der Welt bleibt nicht deshalb verschont vom Leichengift hingemordeter Soldaten und Zivilisten, weil sie noch 33 Jahre nach Hitlers Tod diesen Opfern und deren Angehörigen eine erste Chronik schuldet ...

Bei Jünger heißt es einmal: «Als der Kuckuck im Moorwald rief, der Gespenstervogel, im frühesten Dämmer, höhnisch, kamen die Toten und zeigten sich. Ich ging noch einmal in ihre Häuser, stieg wieder die Treppe der Heilbronner Straße hinauf, hörte oben die Musik und den Lärm.»

Hier steigen Tote ins Haus der Tochter eines Hinrichters. Kein Kuckuck ruft, ein Blumenbote nur schien ein Fest anzukündigen – doch unausweichlich, unüberhörbar wird das Gesetz vollstreckt, daß die Untaten der Väter verfolgt werden an ihren Kindern bis ins siebente

Glied. So fürchtet man noch für die Enkel der Enkel der Hitler-Generation in diesem Lande, das sich frei glaubt vom Alp der Verfügungen des Alten Testaments, weil es ein Wirtschafts-«Wunder» hatte ... Denn die Erbmasse der Deutschen aus dem Hitlerkrieg ist ein Erb-Massengrab.

TINA – *und hat ihre Erklärung Dieter gegenüber gar nicht unterbrochen, nur macht sie deutlich, daß sie sich jetzt erkannt hat in dem wandgroß erschienenen toten Mädchen, ihrem Ebenbild:*
Sie war völlig ordnungsgemäß
mit einer Legitimationskarte der Bundesanstalt
für Arbeit vor zwei Jahren eingereist.
Als man sie abschieben wollte, jetzt,
schrieb sie ein rührendes Gesuch
(aber keinen Menschen hat's gerührt!)
Deutsche werden zu dürfen,
weil noch ihr Großvater Deutscher gewesen sei;
erst ihr Vater hat nach dem Krieg
die jugoslawische Staatsangehörigkeit angenommen.
Sie wollte leben in dem Land, schrieb sie auf deutsch:
«welches mein wahres Vaterland ist» –
ein feines Vaterland:
Zweiundzwanzig war sie. Erdrosselt.
Muß viel dazugehören, viel Verzweiflung –
denn rasch geht das nicht wie beim Hängen.
Ihre Füße, ihre Knie
waren ja ständig auf dem Boden –
nur mit ihrem Willen, lange, lange ...
hat sie sich die Kehle abgeschnürt.
– Kotzen, jetzt muß ich kotzen!
DIETER, *da sie aufsprang:*
Wie denn – was ...
Er geht ihr nach, aber sie macht die Badezimmertür vor ihm

zu, sie war gleichsam in ihre Vision, ihr unglückliches Ebenbild, es damit auslöschend, hineingelaufen . . . Dieter ist nun allein. Er hängt ihren Mantel, den sie abgeworfen während des Gesprächs, auf den Bügel; sein Blick fällt auf den prallgefüllten Einkaufsbeutel neben ihrer Handtasche, er hebt ihn hoch und nimmt eine Akte heraus, in der er zu lesen beginnt. Wie er lesend zum Vordergrund kommt – sagt er über die Schulter, da sie zurückkehrt, den Raum durchquert, um gegenüber aus dem Eisschrank, der offenbar in der Küche keinen Platz hat, ein Glas Orangensaft zu holen:

Wenn sie dich erwischen,
daß du die Akten des Mädchens mitgenommen hast?

TINA: Merkt keiner!

DIETER, *weiterlesend*:

Merkt keiner? – ich hab die Akte in deinem Beutel
aus zehn Meter Entfernung gesehen!

TINA: In der Aufregung passiert – ich tu sie
in die Mappe, ehe ich sie zurücktrage,
jedenfalls wird sie jetzt dreifach fotokopiert,
und dann suche ich zwei mutige Journalisten,
die's an die große Glocke hängen,
daß sich in e i n e r Anstalt in sechs Wochen
v i e r U-Häftlinge töteten . . .

DIETER, *immer beschwichtigend, was ihr auf die Nerven geht*:

«Imitationszwang», glaub ich, nennen das Psychiater!

TINA, *böse*:

Ja – sobald solche gräßlichen Allesbeschwichtiger
eine so dämliche Vokabel erfunden haben,
wird sie dankbar von unsrer Justiz aufgegriffen,
weil nämlich die Abschiebung i h r e s Verbrechens
auf das Konto der Toten
durch ein so hübsches Wort: «Imitationszwang»
scheinbar nicht nur alles erklärt
– sondern auch schon entschuldigt:

was sollte die arme Justiz tun, nicht wahr!
Wie bei allen Meinhof-Nachfolgern:
Suizid trotz herrlichster Haft
– aus Imitationszwang! Seid nett
zueinander und seht das so!
Du redest ja schon ebenso fahrlässig wie mein Chef.
Nein, dieses Verbrechen muß an die Öffentlichkeit!

DIETER: Die können dir glatt nachweisen,
wie diese Akte in die Presse kam –

TINA: Ist die Sache wert. Muß sowieso
den Beruf wechseln . . . mache nur noch Zivilrecht,
oder denkst du, ich bliebe in einem Job,
in dem ich eine Zweiundzwanzigjährige sehe,
die ich und meinesgleichen so verzweifelt machten,
daß sie sich erdrosselte . . .
wie gräßlich abgerissen, ihr Leben!

DIETER *legt die Akte auf einen Tisch und nimmt Tina, hinter ihr stehend, in die Arme, denn sie ist vor den Eimer mit dem gewaltigen Blumenstrauß getreten und setzt ihre Beschäftigung fort, aus dem Strauß einen neuen zu machen; nachdem er sie im Nacken geküßt hat*:
Du bleibst ja sowieso nicht in dem Job . . .
nur wär's finanziell nicht grade hilfreich,
würden sie dich hinauswerfen,
bevor ich verdiene
und sie dir dein Gehalt aus – wie nennt man das:
Kindbett-Gründen? – weiterzahlen müssen.
Was macht denn unsre – amtlich gesprochen –,
voreheliche Leibesfrucht, mein Känguruh?

TINA: Sie denkt, sofern sie schon denkt,
die Leibesfrucht,
daß es eine hervorragend feine Welt ist,
der ihre Eltern sie in sieben Monaten aussetzen!
Im Ernst: mich beunruhigt wirklich die Frage,

ob der Schock von heut früh –
mich bis in meinen Bauch durchgeschockt hat!
Sie hat sich ihm zugewendet, in beiden Händen Blumen, die sie zusammenstellen will, und er hält und küßt sie und beruhigt –

DIETER: Undenkbar – nach sechs Wochen!

TINA: Wer sagt dir das? – man liest,
grade die erste sei die entscheidende Zeit ...
wollen wir heute die Neuigkeit
dem Vorsitzenden der Tierschützer antun?

DIETER: Tun wir ihm nicht schon genug an,
weil du mich allen Ernstes heiraten willst?

TINA: Gegenteil, er wird dich normal behandeln,
weil unser verworfenes Konkubinat
endlich ein Ende findet –

DIETER: Ein Ende mit Schrecken,
weil ohne kirchlichen Segen.

TINA: Ist ja auch kleinlich von dir,
daß du keinen Popen zuläßt!
Wäre auch d e i n e n Eltern lieber.

DIETER: Und du mit Schleier im dritten Monat?

TINA, *verstimmt*:
War nicht die Rede von einem Schleier,
doch etwas, was klüger ist als ich, sagt mir,
es sei grundfalsch, das ohne Kirche zu machen.

DIETER: Du weißt genau, daß du nichts glaubst – oder?

TINA, *aufgebracht*:
Genau? – wie könnte irgendwer das «genau» wissen?
Nur ein Idiot weiß genau, daß nichts dahinter ist!
Warum ist zum Beispiel Jutta Pfarrerin:
hältst du die für dümmer als uns!
Warum sich von der nicht trauen lassen?

DIETER, *lacht*: Weil zum Beispiel du katholisch bist!

TINA, *lacht*: Jetzt bist aber d u der Konventionelle!

DIETER: Wenn dein Vater wieder ist wie sonst:

mach ich mir noch den Spaß und verschleppe dich
aus Rache zu einem Evangelischen . . . das würde ihm
wesentlich ekliger sein als gar kein Pope!

TINA, *keineswegs amüsiert*: Ist dir unsere Hochzeit –

DIETER, *unterbricht*:
«Endliche Hochzeit», sagt dein Herr Vater.

TINA: Ist dir unsere endliche Hochzeit nichts
als ein Mittel, den alten Mann
wieder zu «vergrämen», wie Jäger sagen,
obgleich er doch heute dieses Zimmer
mit unserem obszön breiten Lotterbett betritt?
Sei doch ein bißchen gerecht: er muß sich kolossal
überwinden, mir hier zu gratulieren . . .

DIETER: Weil sogar er gemerkt hat, daß ich
zu ihm nicht mehr ins Haus gehen könnte,
nach allem, wie er mich seit zwei Jahren verfolgt.

TINA: «Verfolgt» – dramatisier das nicht.
Wollen wir nicht wenigstens dieses Poster abhängen?
Sie zeigt auf Oberrichter Bendas Bild.

DIETER: Wir können Benda deinem Vater mitgeben,
wenn der ihm besonders gut gefällt . . .

TINA, *den Ton wechselnd; auch ist sie fertig mit dem sehr schön gewordenen, noch immer großen Blumenstrauß, obgleich der nur die Hälfte der Blumen zusammenfaßt*:
Wie wär's, wenn auch ich mir über deinen Vater
so pausenlos das Maul verrisse – wie du über meinen?

DIETER: Ungerecht wär's, erstens liebt dich meiner
fast so sehr wie deiner mich verabscheut.
Zweitens ist dein Vater nicht einfach dein Vater,
sondern auch noch der des Radikalen-Erlasses!

TINA: Der hat ja wohl mehr als einen Vater
und ist so harmlos, daß du nie davon betroffen warst.

DIETER: Weil ich so harmlos bin!
Mir ist doch nichts vorzuwerfen, als daß ich

ein Mädchen, das «von Familie» ist,
wie Felix Krull sagen würde –
irregemacht habe
an unserem freiheitlich demokratischen Rechtsstaat
und zum Auszug aus dem Elternhaus verlockt habe
in ein von der Polizei observiertes.
Wohin mit den Blumen?
Sie packt einen der zwei Sträuße ins Cellophan, aus dem sie kamen.

TINA: Alle könnte ich sie gar nicht tragen.
Kriegt das Mädchen, wer brächte ihr sonst Blumen?

DIETER: Die ist doch nicht mehr im Gericht,
wenn du kommst.

TINA: Auch die Leichenhalle hat eine Türe.
Wird sie nicht aus dem Gericht direkt
nach Jugoslawien überführt?

DIETER: Wer soll das bezahlen?
Die wird nicht zu Hause beerdigt,
Jutta als Pfarrer, orthodoxe haben wir ja nicht,
wird die Eltern benachrichtigen müssen, frag sie.
Wo ist sie her?

TINA: Aus dem Banat . . . so trostlos!
Feine Voraussetzung, heute abend zu feiern –

DIETER, *während sie schon den Mantel ergreift, er ist dabei ihr zu helfen*:
Wen hast du eingeladen
– und hast du deinen Vater gefragt oder seine Bullen,
ob die kommen dürfen?

TINA, *schroff verletzt*:
Jetzt reicht's mir! Halts Maul: ich frage nicht,
wer meinem Vater begegnen darf,
du unterstellst mir, daß ich . . .

DIETER, *erschrocken*: Entschuldige! Das ist dein Zustand,
daß du beleidigt –

TINA: Nein, das bist du, nicht mein Zustand,
daß ich – verdammt oft –,
für dich nicht ich selber bin, sondern seine Tochter!
Wer klingelt da – wie Polizei! Hämmerling wieder?

DIETER, *froh, daß ihre Gereiztheit abgelenkt wird, geht rasch zur Speichertür, an der Sturm geläutet wurde, großes Lachen draußen: Dieter und der wie eine Lokomotive «eintretende» Dr. med. Klaus Schultz. Noch draußen hat laut Dieter ausgerufen*:
Klaus ohne Bart – das gibt's ja gar nicht!

KLAUS, *mit emphatischer Trauer, komisch*:
Du Schöne!

TINA, *lacht auf, als sie ihn sieht*:
Tirolerhut – na: nicht ganz, aber fast!
Du bist wohl auf der Flucht!
Party-Küsse.

KLAUS: Du hast dich ja au verändert
– unwahrscheinlich: noch schöner,
Dieter, ich riskier's kaum, zu euch zu kommen,
weil, ich verlieb mich sofort wieder!

DIETER: An unsrer Hochzeit darfst du sie
zum letztenmal ansehen,
bist also hiermit eingeladen!

KLAUS, *komisch*: Hochzeit? –
und ich als Schleier-Schleppen-Träger,
damit ich in den hineinschluchzen kann! Furchtbar.

TINA: Beruhig dich, deine Tischdame wird Jutta.

KLAUS, *der seinen Lodenmantel auszieht, sein Aktenköfferchen ablegte, doch jetzt erst den Hut, der zwar «Bayern-look» hat, aber doch immerhin nicht ganz ein Tirolerhut ist*:
Wo ischt sie hingerate, die Jutta?
Verheiratet? – gegen wen?

TINA: Pfarrerin hier an der Strafvollzugsanstalt,
weder mit noch gegen verheiratet.

KLAUS: Kannst mir ihre Telefonnummer geben.
Zu Haus am hellen Vormittag
– du wege der Polizei oder die Polizei wege dir?
TINA: Hast du die denn auch gesehen aufm Dach?
KLAUS, *der Dialog geht ganz rasch*:
Hab mi doch gar net hertraut –
DIETER, *erklärt*:
Tina war noch nicht zu Haus, als du anriefst.
Zu Tina, die er nie Christiane nennt, weil ihr Vater sie so ruft:
Und er hat natürlich ein schlechtes Gewissen
und machte kehrt, als er vor dem Haus
den deutschen Herrn Schäferhund sah.
KLAUS, *erstaunt*:
Und der Herr Schäferhund kam wirklich –
weil wirklich euer Vater kommt?
DIETER: Ja, was die Polizei allen Subversiven
wie dir voranzumelden für ihre Pflicht hielt!
KLAUS, *während Tina im Hintergrund, nachdem sie die Blumen abgelegt hat, sich am Eis- und Geschirrschrank zu schaffen macht*:
Und woher plötzlich die Liebe zum Schwiegersohn?
DIETER, *zeigt in den Hintergrund*:
Weil du Fräulein Doktor zu ihr sagen mußt,
seit gestern.
TINA, *fröhlich*:
Frau ist sachlicher. Mein Vater ist Strohwitwer,
ich mache ihm das Abendbrot,
wenn er mal nachts nicht tagt,
aber wegen meiner Feier,
muß er das heute bei uns essen:
hat endlich sogar er eingesehen!
DIETER, *spitz, nimmt das auf als Zitat*:
So wie wir endlich sogar eingesehen haben
die Notwendigkeit

unserer endlichen Hochzeit!

KLAUS, *erstmals ernst*:
Und i komm ja a' zweng euerm alten Herrn!

TINA, *gespielte Enttäuschung*:
Ach, unsretwegen hättest du uns nicht besucht?

Dr. Klaus Schultz hat einen neuen, sehr dunklen graublauen Anzug an, eine sogenannte «dezente» Krawatte und macht den Eindruck, als passe beides nur sehr äußerlich zu ihm – ja, äußerlich steht es ihm gut, er ist ja so «stattlich», daß er früh dick werden wird. Er hat auch erst vor kurzem promoviert und jetzt seinen ersten Job als so und so vielter Assistenzarzt an einem namhaften Provinzkrankenhaus. Sein borstenstarres, schwarzes, dickes Haar, das ihm früh ausgehen wird, ist heute mühsam gescheitelt und wächst ihm fast in die Schläfen hinein. Doch ist er glatt rasiert, die Haare sind frisch geschnitten – überhaupt ist nichts Studentisches mehr in seinem Äußeren und kaum in seinem Wesen, obgleich er die Universität grade erst hinter sich hat. Er ist wie viele, die dick werden oder schon sind, sehr beweglich, unträge; am lebhaftesten sind seine Augenschlitze: Schlitze deshalb, weil er fast pausenlos etwas zum Lachen findet, selbst Unfälle wird er immer empörend komisch finden, weil er sich nie dafür interessiert, wer auf der Strecke bleibt, aber um so mehr dafür, wer's «verpatzt» hat. Er spricht münchendeutsch wie einer, der sich ein bißchen – nicht zu viel – Mühe gibt, es nicht zu sprechen.

Und wegen Vater auch deinen – Bayernhut?

KLAUS: Das ist ein Süddeutscher, kein Bayernhut
– mein Chef, weißt, ist aner von den ganz Einfachen,
für die langhaarig und studentisch und links
Synonyme sind;
deshalb komm ich jetzt daher wie von der Stange,
nämlich genau g'sehn: doch a wenig auf der Flucht,
hast schon recht vermutet, du Schöne!
Nur ist das eine Flucht nach vorne –

i bin so artig an'zogn, weil i Besuche machen muß,
sofern man mich noch vorläßt.

DIETER: Was passiert?

TINA: Frühstückt! – wo Klaus ist,
da muß es zu essen geben.

KLAUS, *während Tina, ein Tablett in den Händen, erst jetzt richtig zuhört und erschreckt stehenbleibt; er geht, während er erklärt, auf sie zu und nimmt ihr das Tablett ab*:
Passiert – no, i würd schon sagn: ja.
Nausg'schmissen hams mi: Radikalen-Erlaß!

TINA, *ungläubig*: Rausgeschmissen?

KLAUS, *nickt*:
I bin tatsächlich kumma, Eich z'froagn,
ob's net möglich is,
Tinas Herrn Papa einz'schalten!

DIETER, *erschreckt als naiver, politisch nur mäßig Interessierter*:
Gehen die Arschlöcher jetzt sogar gegen Ärzte vor?
Und deshalb dein Beerdigungsanzug.

KLAUS, *lachend und zugleich drohend*:
Na – mein Examensanzug war dös a, i geb net auf:
dös is noch fraglich, wer hier beerdigt wird!

TINA: So radikal wie du, bin ich sogar im Schlaf:
was kann man dir vorwerfen, red doch erst mal!
Es sieht nun ziemlich grotesk aus, daß er seinen deprimierenden Erfahrungsbericht mit einem Tablett in der Hand abgibt; während er redet, hat Tina begonnen, vom Tablett, das er hält, Frühstücksgeschirr auf den Tisch zu stellen, doch hört sie bald erschrocken damit auf.

KLAUS: Daß ich z'weng Landfriedensbruchs
in Esslingen vor Gericht g'standen bin –

TINA: – und freigesprochen wurdest!

DIETER, *fast gleichzeitig*:
Und viele Jahre her ist das auch.

KLAUS: – ein Tag war's, nachdem der Rudi Dutschke

umg'schossen worden is, wir haben doch damals,
wo Springer-Zeitungen ausgeliefert wurden,
uns vor die Druckereien und Verlagshäuser g'setzt
und verhindert, daß «Bild» mit seinen
Hetzparolen auf die Leser losg'lassen wurde.

TINA, *wiederholt*:
Aber du bist doch freigesprochen worden!

KLAUS: Ja – egal: ich hatt halt einen Richter,
der meine Argumentation gelten ließ,
daß a Zeitung, die «Ausmerzen!»
als Schlagzeile druckt –
mitschuldig ist, wenn ein Verrückter versucht
den Dutschke totzuschießen!
Und dieser Richter – solche gibt es halt auch! –
fand zwar nicht gerechtfertigt, aber verständlich,
daß wir die Auslieferung von solchen Hetz-Gazetten
verhindern wollten, in der ersten Wut
über den Mordanschlag.

DIETER, *unterbrechend*:
Das war der gleiche Prozeß, in dem Rolf Pohle
fünfzehn Monate ohne Bewährung
für Landfriedensbruch bekam?

KLAUS, *noch lebhafter, während er schon Tee trinkt und anfängt zu essen*:
Na – net, eben net der gleiche Prozeß,
sonst hätt ja auch ich anderthalb Jahr
brummen müssen
wie der Pohle – net der gleiche Prozeß:
meiner war doch in Esslingen,
sondern der gleiche Anlaß!
Aber in Hitlers «Hauptstadt der Bewegung»
war halt auch damals
schon wieder ein so brutales Urteil möglich,
während ich für genau das gleiche Delikt

freigesprochen wurde in Esslingen,
für das die den Pohle kriminalisiert ham, in München!
DIETER: Bis zu diesem schaurigen Urteil:
fünfzehn Monate für einen Rechtsreferendar ...
KLAUS: Macht den das nicht lebenslänglich
berufsuntauglich?
DIETER: ... war ja der Pohle nicht mal ein Linker,
sondern Funktionär im Liberalen Studentenbund!
Jedenfalls hat erst dies Urteil ihn
ins Linksaußen verwiesen.
TINA: Entsinne mich jetzt auch:
sein Anwalt konnte sogar bestreiten,
daß Pohle mitgebaut habe an der Barriere,
die vor der Münchner Druckerei errichtet wurde,
doch hätte Pohle einen Arm oder Fuß
oder sein Ohrläppchen in die Tagesschau gestreckt
und sei erkannt worden als einer, der einen Balken
zu der Barriere beitrug ... fünfzehn Monate!

Was da erörtert wird, dürfte von jedem normal Denkenden und Empfindenden abgetan werden als Ausgeburt haßentstellter «Dichter-Phantasie». Daher hier als Beleg ungekürzt ein Bericht Eckart Spoos in der «Frankfurter Rundschau» vom 29. Mai 1969 mitgedruckt wird:
«Zu 15 Monaten Gefängnis hat ein Münchener Schöffengericht den 27jährigen Rechtsreferendar Rolf Pohle verurteilt. Pohle war am Dienstagabend für schuldig befunden worden, am Karfreitag vorigen Jahres, dem Tage nach dem Attentat auf Rudi Dutschke, als Teilnehmer einer Demonstration vor der Münchener Druckerei der ‹Bild›-Zeitung schweren Landfriedensbruch und Nötigung begangen zu haben. Eine Bewährungsfrist für den Verurteilten gibt es nicht.
Das Schöffengericht unter Vorsitz von Landgerichtsrat

Günter Fruh folgte genau dem Strafantrag des Staatsanwalts. Der Verteidiger hatte dagegen Freispruch beantragt, weil nicht einmal Pohles tatsächliche Rolle bei der Demonstration eindeutig habe geklärt werden können. Staatsanwalt und Gericht sahen es als erwiesen an, daß Pohle, der dem Liberalen Studentenbund Deutschlands angehört, vor dem Druckereigebäude gemeinsam mit anderen Demonstranten eine Barriere errichtet und sich auf die Straße gesetzt habe, um die Auslieferung der ‹Bild›-Zeitung zu verhindern.
Für die Beteiligung Pohles am Bau der Barriere gab es allerdings keine Zeugen. Dem Gericht genügten Fotos und Filme der Polizei und des Zweiten Deutschen Fernsehens, aus denen sich ergebe, daß Pohle eine Holzbohle und einen Stein angefaßt habe. Dies war jedoch auf keinem einzigen der vorliegenden Bilder klar zu erkennen. Das Gericht zog seinen Schluß vielmehr aus einer kombinierten Betrachtung der Bilder: der Arm, der auf einzelnen dieser Bilder beim Anfassen der Bohle und des Steins zu sehen war, müsse Pohle gehören. Die Teilnahme am Barrierenbau sei schwerer Landfriedensbruch, der Versuch, die Auslieferung des Springerblattes zu verhindern, gemeinschaftlich begangene Nötigung.
Ähnliche Demonstrationen fanden damals in mehreren anderen Städten statt. Die Demonstranten warfen der Springer-Presse damals vor, ihre dominierende Machtstellung mißbraucht und durch Schlagzeilen wie ‹Ausmerzen!› das Klima geschaffen zu haben, in dem das Attentat auf Dutschke erst möglich geworden sei. Ein Gericht in Esslingen akzeptierte kürzlich in einem entsprechenden Verfahren solche Vorwürfe gegen Springer und sprach den dort angeklagten Demonstranten frei.»

KLAUS: Und ich freigesprochen –
doch jetzt zweng des Verfahrens nausgeschmissen,
gnädigerweise auf Widerruf.
Aber i laß mi net nausschmeißen, ich net! i i e net!
Anders plötzlich, fast ultimativ:
Dein Papa muß mir helfen – ein Griff von ihm
und die Scheiße is heraußen aus meinen Akten –
sonst schlepp i dös mit mir herum für ewig
wie ein Buckel!
TINA: Red mit ihm, natürlich
– aber enttäuschend ist das ja doch, Klaus,
daß du eine Schiebung willst – statt zu kämpfen.
DIETER: Ich hab gut reden, ich stand nie vor Gericht,
doch finde's auch jammervoll, daß du nicht öffentlich –
KLAUS: Ich bin ein alter Mann, fast dreißig – wie lange
soll ich noch umanand laufen und agitieren:
verdienen will ich endlich: seit mein Vadder tot is,
hab ich's eh nötig, zu Geid z' kumma,
a für meine Mutter,
die eine niederträchtige Rente kriegt –
TINA *hat inzwischen Frühstück gemacht*:
Gibt jetzt nur Brote und Tomaten, Käse ist auch da,
Wurst muß ich erst holen, Bier ist da . . .
Im «Spiegel» stand – kann trotzdem stimmen –
sie hätten allein in Baden-Württemberg
64000 Bewerber in anderthalb Jahren durchgefilzt.
DIETER: Aber nur 55 abgelehnt –
55 von über 60000:
so gefährlich ist Klaus nie gewesen!
KLAUS, *der hinter Tina getreten ist, um ihr eine halbe Tomate, die sie aufschnitt, wegzunehmen, sagt kauend*:
Furchtbar, daß man dauernd ans Essen denkt,
wann ma dünner werden will . . .
Was hoast g'sagt: 64000 in an Bundesland?

DIETER: Aber nur im schlimmsten, im Stuttgarter.
TINA: Wen entlarvt das eigentlich am stärksten,
daß nur 55 von 64000 abgelehnt werden:
jene, die trotzdem 64000 filzen
– oder die, die so harmlos sind, daß nur 55 von ihnen
hängenbleiben im Netz?
Daß ausgerechnet du, Klaus, zu diesem Prozentsatz
zählen solltest: kann nur ein Irrtum sein.
KLAUS: Kein Irrtum – ein Denunziant!
Wem Gott ein Amt schenkt, schenkt er auch Kollegen!
Ich ahne, wer mich verpfiffen hat, einer vom RCDS.
DIETER: Ring ist immer schlecht, Eisenring, Halsring,
Ring Christlich Demokratischer Studenten.
Ehe – Ring.
TINA: Wie charmant von einem Bräutigam,
der seiner Braut in vierzehn Tagen
den Ring durch die Nase ziehen will
– obgleich er ihr nie bisher einen Ring geschenkt hat!
Sie küßt Dieter im Vorbeigehen und sagt:
Aber eine sehr schöne Halskette!
KLAUS, *mokant*: Sind Ketten weniger schlimm als Ringe?
TINA: Woher kennst du deinen Denunzianten?
KLAUS: Daß nur ein Mitbewerber in Frage käm:
war ja wohl klar – und da er mich erscht kennt,
seit i brav bin, aber dann doch rückfällig wurde,
als Landfriedensbrecher und Notzüchtiger . . .
DIETER, *lacht*:
Sei nicht so eitel und übertreib nicht:
Nötigung heißt, was du gegen die Springer-Druckerei
versucht hast, aber nicht Notzucht . . .
KLAUS: Gut, nur das all's hat er gemeldet, noch ältere
Verbrechen wurden mir nicht vorgehalten,
da der Denunziant von denen nix weiß.
DIETER: Was hast denn noch gemacht?

KLAUS: In Gegenwart meines heutigen Dienschtherrn,
des Innenministers, auf einer CSU-Veranstaltung
die Internationale gesungen . . .
Und dann ischt da des Flugblatt
von der vorletzten Landtagswahl: da nannte ich
das Parlament einen Verschleierungs-Apparat
der herrschenden Klasse.
Es solle Freiheit vortäuschen,
schrieb ich, durch ein Gremium,
dem schon allein durch seine Diäten
das Maul gestopft werde!
TINA, *lacht laut auf*:
Ans Essen hast sogar als Flugblatt-Texter gedacht!
Denkst du irgendwann nicht ans Essen?
KLAUS, *mit gespielter Unglücksmiene*:
Nur wann i satt bin – das aber bin i nie,
weil i ja streng Diät halt!
Also immer, wann i nix fresse,
denk i ans Esse: logisch!
TINA: Kommt, eßt!
Halb ernst:
Schlank bleiben wollen, ist strategisch falsch:
Sogar wir jungen Linken hätten Erfolg,
hätten wir mehr Feiste in unseren Reihen;
wie viele Wähler wählen instinktiv eine Partei,
die Strauß-fette Protagonisten hat.
DIETER: Könnte stimmen, so extrem schlanke
Wahlkämpfer haben nur Erfolg,
wenn sie alt sind wie Adenauer.
TINA: Oder bereits an der Macht:
seit der jetzige Kanzler
dank seinem Vorgänger kanzlerabel wurde,
blieb er auch bei Magersucht oben!
KLAUS: Vorausgesetzt, der Dicke aus Bayern

schafft ihn net naus.
Aber daß ihr mi füttern wollt, wozu:
ihr überseht's, daß ja ich
weder je zur APO g'hört hab
– wer g'hört schon hin, wozu er gezählt wird –,
noch einen Erfolg in der Politik suche:
Facharzt will i werd'n, dös is alles
und a anständig's Geid verdienen, endlich amol!
Net aber weiterverfolgt werd'n weg'n Flugblättern,
die so vergessen sind wie Kriegsopfer!

TINA: Wie viele hast denn verteilt?

KLAUS: Hundertfuchzig – genau für die
hat mein Geid g'reicht,
die ware ja schön und teier gedruckt,
sonst hätt i mehr losbracht.

DIETER, *während sie Platz nehmen und Bier öffnen und anfangen zu messern und zu gabeln*:
Was sagt denn dein Chefarzt –

KLAUS: Na – der hat ja a sein Job
der CSU zu verdanken.
Aber er tut 'n Empörten:
damit kaschiert einer am besten,
daß er sonst nix tut. Er will denen schreiben,
daß er mich behalten will, weil ich beruflich
sein volles Vertrauen hab.
Als er mir das ankündigte, hab i ihm glei g'sagt,
daß des nets Porto wert ist,
des intressiert di ja übahaupt net.
Da hat er g'sagt, daß i nach Meinung
seines Stammtischs – lachend hat er das g'sagt,
meint es aber ernst:
auch nach Meinung der Honoratioren im Städtchen
sei i a ordentlicher Kerl: woran ihr's sehgt,
was a so a Hut und a Lodemantel in Nordbayern

für an Leumundszeugnis abgeb'n.
Dieter: Kann man denn nicht Viehstempel einführen,
auch für Menschen – die man uns in die Backe brennt
oder auch in die Wange,
als Unbedenklichkeits-Ausweis?
Klaus: Die haben doch, seit die Sozis dran sind, in Bonn
die Computerbank,
die noch der Erhard abgelehnt hat.
Tina: Die Linken waren oft furchtbarere
Reglementierer als die Rechten.
Besprechen wir, schlage ich vor, weil ich weg muß:
was mein Vater tun könnte!
Dieter, *ironisch, im berühmten Wiener Tonfall*:
«Der Papa wird's schon richten.»
Klaus, *ernst*: Wird's schon hinrichten!
Tina sieht ihn an, erstaunt, sagt aber nichts, weiß ja auch nichts.
Dieter, *besänftigend, als geborener Überbrücker*:
Zuerst müssen wir uns fragen: soll er sich,
offiziell reinhängen oder dir Unterschlupf suchen?
Klaus: Unterschlupf – dös is net viel.
Zwar wär i dann untergebracht fürs erste –
aber dann kommt zweitens die gleiche Scheiße,
wenn i dort aufsteigen will in an festes
Angestellten- oder Beamten-Verhältnis:
denn auf Privatkliniken kannst ja nicht bauen,
erstens existieren nur wenige noch,
zweitens würde keine mi nehme, wann sie hört,
warum's mi nausg'haut ham.
Tina: Dich privat unterzubringen,
dazu braucht's Vater nicht;
Mutter ruft heute abend an, sie ist auf Bühlerhöhe
– die schaffte das sofort,
weil sie ungefähr so viele Sanatorien kennt wie Hotels!

Aber entscheidend ist doch, daß du diese Vorwürfe
wieder los wirst und keimfreie Akten kriegst:
Vater würde dir zwar nicht helfen,
wenn du wirklich ein Radikaler wärst,
aber du bist ja keiner:
Vater ist radikal – Klaus nur lustig.
Sie strich ihm übers Haar wie einem guten großen Hund, böse und sachlich fügte –

DIETER *an*:
Das Radikale war ja mal lustig
und so lange war halt auch Klaus radikal!

KLAUS, *wieder lustig*:
Recht hast, Dieter – nur möcht i net,
daß sich des rumspricht!
Zu Tina:
Sag, du Schöne, war das ernst, daß deine Mutter –?
Also, hört's, ich hab plötzlich doch nix dagegen,
in einer Privatklinik untergebracht zu werden,
im Gegenteil: nur raus aus der Politik,
aus Untersuchungs-Ausschüssen, Gerichtssälen
– Arzt will ich sein und verdienen, nix weiter,
bis ich dann's Handgeld hab für eine Praxis.

TINA: Was hat dich so zynisch gemacht? So feige!

KLAUS, *ernst*: I i bin vor G'richt g'standn: net ihr!

TINA: Entschuldige, vergiß meine Unverschämtheit.

KLAUS: Nein, du Schöne, hast ja durchaus recht –
nur, weißt, wann i mir klarmach,
was ich für ein ausgemachtes Schwein hatte,
daß ein anständiger Richter mich freisprach
für genau das, was dem Pohle
fünfzehn Monate eintrug, und ihn – so sieht's aus:
kriminalisiert hat für den Rest seiner Tage –
dann begreif ich das Gefühl des Reiters
überm Bodensee!

Und für solche Gefühle bin i – z' alt!
Weißt, ich denk wie unser gefangener
Herr Arbeitgeberpräsident und wie jetzt der Moro:
ich bin – wie die – durchaus dafür, zu kämpfen,
nur mag i als Person net – so wenig wie die –
– das Kampf-Mittel sein.
Er lacht.

TINA, *nickt*: Schlage folgenden Kompromiß vor:
Mutter schafft dich erst mal weg von der Szene
– in eine Privatklinik.
Aber Vater greift deinen Fall auf
– und schwätzt dich frei und ... damit, vermutlich, auch andere!
Du mußt sein Präzedenzfall werden!

DIETER: Dazu ist der Fall Klaus zu harmlos.

KLAUS: Bist sicher, du – daß andere Fälle,
wann ma die genau
so detailliert anguckt wie ihr jetzt den meinigen:
net ebenso harmlos sind? Das glaub nämlich i ...
die meisten dürften so beiläufig sein wie meiner.

DIETER, *der erst allmählich auf die Höhe seines Temperaments kommt; Politik kann ihn am heftigsten machen, wo sie identisch wird mit Familien-Politik*:
Darf ich mal in Demut daran erinnern,
daß ihr zweie mir ziemlich komisch vorkommt:
was berechtigt euch, zu hoffen – ja:
für möglich zu halten, der große Mann, werde
sich Dr. Schultzes Akte überhaupt ansehen?
Verzeihung: ihr spinnt, wenn ihr das hofft!
Und seid vollends verrückt, wenn ihr
erwartet, der werde helfen –
Oh, nichts gegen den Schwiegervater:
Familie darf man haben
– nur böse muß man mit ihr sein!

KLAUS: Und die Schwiegermutter?
DIETER: Um die Frauen zu kennen,
muß man sie als Schwiegermütter erlebt haben!
Er hat – ohne es zu wissen – einen Erfahrungssatz aus Flakes momentan verschollener Autobiographie «Es wird Abend» zitiert . . .
TINA, *empört*:
Hört auf mit der nichtsnutzigen
– ja, im Wortsinne gar nichts nutzenden Ironie –:
Zu Dieter:
Dein ewiges «ich hab's ja gleich gesagt» ist ermüdend.
DIETER: Liebling – süßes, schönfelliges Känguruh!
TINA: Nicht jetzt! Du kränkst mich dauernd!
Klaus kann's ja wissen: in sieben Monaten haben wir ein Kind; seither Känguruh . . .
– konnte er mich nicht längst heiraten,
um des lieben Friedens mit meinem Alten!
KLAUS, *halb ernst, jubelnd*:
Gratuliere – melde die Patenschaft an!
Dieter, ich geh mit ihr aufs Standesamt!
DIETER, *ganz gelassen*:
Tina war viel examens- und diss-wütiger als ich,
sie hatte gar keine Zeit, endlich zu heiraten!
Sei doch nicht unsachlich, Tina!
TINA: Alles ist deshalb unsachlich geworden:
du beurteilst blöderweise Vater,
wie er sich familiär verhält; und das hat ihn geärgert,
unser Zusammenhausen ohne Bettkarte!
DIETER: Jetzt bist aber du überwältigend sachlich:
hat dein lieber Vater nicht Proben genug
auch seines öffentlichen Wirkens abgegeben?
Willst du abstreiten, daß gar nichts,
was er als Amtsperson in den letzten Jahren
gesagt hat, getan, geschrieben –

KLAUS, *bedeutungsschwer:* – verschwiegen!
DIETER, *merkt nicht auf, aber*
TINA *fragt erstaunt:*
Verschwiegen auch, was –?
DIETER, *der keine Pause entstehen läßt:*
... daß überhaupt nichts euer Vertrauen
rechtfertigen kann, der werde
auch nur einen Blick für Klaus erübrigen!
Wieso hältst du für möglich, Liebling
ausgerechnet Herr Minister,
könnten a) begreifen, was Klaus zustieß;
b) das verurteilen, statt es zu begrüßen;
c) von uns überhaupt als vertrauenswürdig
betrachtet werden;
d) einen Finger rühren für einen
so fürchterlichen Staatsfeind wie Klaus – grotesk!
TINA, *ringt körperlich mit ihm, kaum lachend, eher wütend:*
Du mit deinem immer blöden Alphabet:
Meinem Vater zu unterstellen, ohne Prüfung ...
DIETER: Dein Vater fühlt sich von mir
schon Jahre lang «geprüft» – und mit Recht: nichts
rechtfertigt dein Vertrauen in seine Hilfsbereitschaft!
TINA: Aber in seine Bemühung,
auch dem Gegner eine Chance zu lassen!
DIETER, *lachte böse dazwischen; jetzt zu Klaus:*
Die glaubt, was sie sagt!
Herzchen, du spinnst – ehrlich: dein Vater weiß,
hunderttausend «Fälle»
sind hunderttausend Einzelne,
von denen Gott sei Dank wenige,
doch immerhin: so ganz wenige ja nicht
beruflich ausgeflippt werden
– und diese Wenigen sind meist schlimmer dran
als Klaus, weil sie nicht so feine Berufe haben.

Das weiß dein Vater – und begrüßt das.
TINA, *nach einer Pause*:
Mag sein. Aber ein Schuft,
der sich helfen ließe von einem,
den er für einen Schuft hält.
Ihr haltet Vater dafür – also laßt ihn in Ruhe.
Oder kämpft frontal: zuerst gegen ihn,
dann mit ihm!
KLAUS, *wieder absolut nicht bereit dazu, der perfide Pragmatiker*:
Warum – du Schöne, ich müßte doch blöd sein,
wenn ich die sehr große Chance, von deinem Papa
g'holfen zu kriegen, heimlich – aufs Spiel setzte,
indem ich ihm auch noch vorschreib,
wie er das dreht, ob öffentlich, ob subcutan.
Wann er mir unterderhand hilft
– ist mir's doch lieber, wie wenn er das öffentlich
nur versucht. Und vergeblich.
TINA: Also was, seid logisch:
entweder ihr haltet Vater
für den großen Mitschuldigen
am Radikalen-Erlaß – oder ihr haltet für möglich,
daß er Klaus nicht helfen kann! Ich muß
endlich diese Akte
fotokopieren und zurückschaffen.
Bringst du wen mit, Klaus? Jutta?
KLAUS *küßt sie zum Abschied; sie hat ein leinenes Regenhütchen aufgesetzt, Klaus half ihr in den Mantel*:
Ja, sind wir allein? – ich dachte, ihr feiert
deine Diss mit einer Party?
DIETER: Du glaubst, ihr Vater käme, wenn hier
noch mehr Sympathisanten und potentielle
Kidnapper wie du und ich auftauchten?
TINA: Weil meine Mutter krank war,

verschieben wir die Feier:
wir legen sie – Wirtschaft, Wirtschaft, Horatio –,
mit der Hochzeit zusammen.
Komm 'ne Stunde nach meinem Vater,
dann haben wir ihn vorbereitet;
der kommt nach der Tagesschau ... Tschüß!

DIETER: Weil er weiß,
ich hab die Kiste rausgeschmissen:
aus Überdruß gegen gewisse Gesichter.
Dieter bringt sie hinaus; die ihn geküßt hat.

KLAUS, *als Dieter wieder ins Zimmer kommt, kauend*:
Ich muß mir noch die Gurke einverleiben
sonst komm ich mit 'ner Bierfahne
zu mei'm Doktorvadder ...
Persil-Schein eintreiben! Was glaubst,
warum sonst ich diese
Bestattungs-Unternehmer-Kluft anzogn hab?
Er guckt auf seine Uhr, sagt:
Wie spät? – aufs Einwohnermeldeamt muß i a noch:
hab mein Reisepaß eing'schickt, war abg'laufen.
Ob's em Radikalen sein Paß
überhaupt wiedergeben?
Er lacht.

DIETER: Das Urteil, das dich in Esslingen freisprach,
hast du's da?

KLAUS, *klopft auf sein Köfferchen*:
Alles hier herinnen ... und noch viel, viel mehr!
Er lacht wie ein Halsabschneider, Dieter bemerkt das nicht, setzt vertieft hinzu –

DIETER: Wenn Tinas Alter dir hilft, brauchst du keine
Persilscheine: hilft der nicht – nützen die nichts.
Freu mich, daß du dabei bist heut abend
– du fehlst uns oft!
Wenn wir überarbeitet sind oder down,

sagt Tina, jetzt müßt der Klaus hier sein
mit seinen lustigen Geschichten –

KLAUS, *ohne daß Dieter ihn schon versteht*:
Die G'schichten, die ich heit zum besten geb'n könnt,
sind aber gar net lustig . . .

DIETER: Hast Angst, kein Job zu finden?

KLAUS: Aber! Schon gestern hat er g'sagt,
mein Doktorvadder, er nimmt mich mit in die USA.

DIETER: Hast du hier kein Mädchen
aus deiner Branche?

KLAUS: Schon, ane OP-Schwester.
Doch so recht läuft da nix momentan.
Starkes Läuten.
An Betrieb hast hier am frühen Vormittag,
i wenigstens geh wieder, wann kannst mal arbeiten?

DIETER *geht nach draußen, zu öffnen*:
Verdammt ja, muß weitermachen.
Ah, Sie noch mal –
Polizeimeister Hämmerling – Dr. Schultz und Sie . . .?

KLAUS, *streckt Hämmerling die Hand hin, der offenbar ungern jemanden hier sieht*:
Kenn Sie!

HÄMMERLING, *irritiert*:
Tag – mich? Woher kennen Sie . . .

KLAUS, *noch gemütlich, nicht provozierend*:
Na, is ja net so tragisch wie's umgekehrt wär:
wenn Sie mich kennaten! Sie kennt man doch:
Aus der Regionalschau!
Hämmerling hört das geschmeichelt, er hat einen Beamten mitgebracht, der jetzt noch nicht (doch dann heute abend), wie ein Phalanx-Schläger Hannibals kostümiert ist – und vor dem zweifellos sogar Römer reißaus genommen hätten: einen «normal» gegen Demonstranten aufgeputzten und bewaffneten bundesdeutschen Großstadtpolizisten mit weißem Helm, auf dem

schwarz Polizei steht, mit herunterklappbarer Plexi-Glas-Augen-Nase-Mund-Schutzvorrichtung, die, wenn hochgeklappt, das Gesicht eines ebenso gutmütigen wie hundertprozentig dressierbaren dicken, hohen, jungen Pflichtlings erkennen läßt, der eine Pistolentasche nahezu von Arschbackengröße schon jetzt trägt, auch Gummiknüppel; Handschellen hängen auch schon an seiner Seite. Und halb mannshoch ist der gewölbte, ebenfalls fensterhell durchsichtige Schutzschild aus kugelsicherem Plexi-Glas, den er später mit seinem globusdicken, globusrunden Polizei-Helm hereinholen wird, während er jetzt Mütze trägt . . .

HÄMMERLING *stellt ihn vor:*
Wachtmeischter Rutenfranz – Herr Dr. Hellgrüber,
gemeinsamer Wohnungsinhaber
mit dem Chef sei Tochter . . .

RUTENFRANZ *verbeugt sich demütig:* Guten Tag.

HÄMMERLING, *Klaus sehr mißtrauisch musternd, sagt jetzt stokkend zu Dieter:*
Herr Doktor – würde es Ihne was ausmache, wenn Sie
heute abend Gascht des Ministers wären,
statt daß er Ihrer ischt?

DIETER: Der hat mich noch nie eingeladen,
der ist auch nicht mein Gast,
sondern der seiner Tochter.
Sprechen Sie in seinem Auftrag?

HÄMMERLING: Ha noi – nur, ich hätt es aus . . .
aus Sicherheitsgründen gern gesähn –

DIETER: Ausgeschlossen, meine Braut feiert
ihren Doktor in ihrer Wohnung.

HÄMMERLING: Ob Sie dann einverstanden sind,
denn das Dach ischt nicht zu sichern –
Er zeigt auf die Dachtür.
Bei Einbruch der Dunkelheit hier vor der Tür
Wachtmeischter Rutenfranz zu postieren?

DIETER: Selbstverständlich. Wann kommen Sie?

HÄMMERLING: Dunkelheit bricht heute an um 17 Uhr 31.
Rutenfranz glotzt, die «Weisung» seines Chefs abwartend, stumm Herrn Hämmerling an.
Standort-Bezug vor Einbruch der Dunkelheit,
17 Uhr 20.
DIETER, *nickt*: Bin zuhaus.
RUTENFRANZ, *militärisch stramm*:
17 Uhr 20 Standort-Bezug:
jawoll, Herr Polizeimeister!
HÄMMERLING: Darf er seine Antidemonschtrante-Ausrüschtung schon hier lassen?
DIETER: Wenn Sie Ihren Heimweg ohne die riskieren!
HÄMMERLING, *nickt Rutenfranz zu, der hinausgeht, das Zeug zu holen. Und sagt beleidigt*:
Sie müssen sich nicht über uns luschtig machen,
erschtens stellt dieses Wohnheim eine Gefahrenquelle
erschter Ordnung dar;
zweitens sind in der Bundesrepublik allein 1976
28 Polizeibeamte im Dienscht gefallen.
DIETER, *eisig*:
Ich habe die Zahlen: von 1962 bis 73
starben 70 Menschen bei uns
durch Schüsse aus Polizeiwaffen,
– nur zwei Polizisten wurden dafür verurteilt.
KLAUS, *mit Pokergesicht. Er zeigt auf Rutenfranz, der jetzt mit seiner Ausrüstung auf dem Arm artig eintritt, sich unsicher umsehend, wo er den Schild, den Helm und ein doppelrohriges Scharfschützengewehr mit Zielfernrohr abstellen kann; den Helm, weil er sonst nicht alles vom Speicher hätte hereintragen können, hat er aufgesetzt, setzt ihn jetzt rasch ab*:
Wo hat denn Herr Wachtmeister Maschinengewehr
und Handgranaten? Ich las doch, die Polizei
soll endlich Armeebewaffnung erhalten,
auch Panzerspähwagen!

HÄMMERLING, *kurz und kalt; er weist mit Ungeduld durch eine Handbewegung Rutenfranz an, Helm, Schild, Gewehr zu Dieters Arbeitstisch zu tragen, wo Rutenfranz es mit Andacht abstellt; vor Ärger verwechselt er Fremdwörter*:
Ischt noch im Planungsstadion.

KLAUS: Sieht man wieder, wie schon Hitler feststellte,
was die Engländer für eine degenerierte Rasse sind:
dort haben die Bobbies net amol Pistolen!

HÄMMERLING *pariert gut*:
Dafür hat England Todesstrafe bei Polizischtenmord.

DIETER, *sie herausdrängend, Klaus hat seinen Mantel angezogen*:
Abgemacht, 17 Uhr 15 bin ich zu Hause!

KLAUS: An Napf mit Chappi auf'n Balkon stellen!

DIETER: Chappi?

KLAUS: Hundefutter – «das beste für unseren Liebling!»

HÄMMERLING: Herr Doktor, ich verbitte mir
eine derartige Bemerkung,
meine Männer fressen kein Hundefutter –

KLAUS: Um Gottes willen, Herr Kommissar:
wer spricht von Ihren Männern,
an den Hund hab i dacht, der mir im Treppenhaus
fast d'Hosen auszog'n hat.

HÄMMERLING, *völlig ernst, mit der Würde der Borniertheit; auch versöhnt*:
Hunde gelangen grundsätzlich nicht zum Einsatz auf Dächern ab dreißig Prozent Gefälle.

DIETER, *zu Rutenfranz*: Sie kommen also ohne Hund?

HÄMMERLING: Kommt nicht ohne Hund.

DIETER: Wäre auch stillos, den Ehrenpräsidenten
des Tierschutzvereins ohne Hund zu bewachen!

HÄMMERLING, *schon – wie Klaus – im Abgehen*:
Hunde verbleiben aber im Vorgarten
und Treppenhaus

und werden im Einsatz grundsätzlich nicht gefüttert,
weisungsgemäß.
Zu Dieter: Herr Doktor, ist Gewähr gegeben,
daß an die Schußwaffen keine Mitbewohner,
meine ich . . . bis Rutenfranz . . .

DIETER: Bin hier, bis Herr Rutenfranz kommt.
Hält ungeduldig die Tür auf, man sah jedoch Klaus schon seit seiner Chappi-Erwähnung an, daß er seine subversiven Respektlosigkeiten gern fortgesetzt hätte; jetzt, wie Hämmerling ihm den Vortritt lassen will beim Weggehen, wodurch eine Pause an der Tür entsteht, sagt mit betonter Besorgnis, ohne auch nur mit einem Lidblinzeln Ironie anzudeuten –

KLAUS: Nach Ihne, Herr Wachtmeister:
schon wegen Ihrer Hund ging ich net vor
ins Treppenhaus . . .

HÄMMERLING, *verlegen, lächelt*:
Aber – gehen's schon, Rutenfranz!
Der ab mit Strammstehen und Gruß, gleichzeitig hat

KLAUS *gesagt*: Noch eine Minute:
Herr Wachtmeister, ich halt's für meine
staatsbürgerliche Pflicht, Sie in Kenntnis zu setze,
bitte aber vertraulich . . .

HÄMMERLING: Ja, bitte? – ja: vertraulich!

KLAUS: Ihnen amtlich anzuzeige,
daß die BRD sich in Kürze einer neuen Strategie
des Untergrunds konfrontiert sieht,
einem Generalangriff, der sämtliche Polizeihunde
mit einem Schlag außer Gefecht setzen soll!

HÄMMERLING: Wieso die Hunde, die Polizei –

KLAUS: Nur die Hunde, jawoll: aber schlagartig!

HÄMMERLING: Gift? – wie will man gleichzeitig . . .

KLAUS: Nicht Gift – Menschtruationsbluat!
Die Infamie des neuen Generalangriffs
liegt in seiner Nichterreichbarkeit

durch den Gesetzgeber: die Terror-Szene
hat getestet, daß sogar allerschärfste Polizeihond
– jegliches Pflichtgefühl außer acht lassen,
sobald harmlos wirkende Passante
mit läufige Hündinne
an Tatorten auftauchen . . . Passante, die als solche
überhaupt net verhaftet werde dürfe,
ebenso wenig wie die von ihne mitgeführte
Hündinnen ja schon deshalb
festgesetzt werden dürften,
weil sie menstruieren . . .
Hämmerling blickt ratlos auf
DIETER, *der flüsternd vor Entsetzen erklärt*:
Das ist ja furchtbar!
KLAUS: Ich überschätz das nicht:
die Schlagkraft der BRD hängt ab,
wie wir wissen, von unsrer Polizei
– nicht: von Polizeihond.
Immerhin, i meld das Herrn Kommissar.
Leiser, wie gegen Mithörer absichernd; bedeutungsgewichtig:
Die Anarchos kalkuliern sogar,
daß der nicht zu deckende Mehrbedarf
an läufige Hündinne – und menstruieren
ja glücklicherweise nicht alle Hündinne
am gleichen Ort zur gleichen Zeit –
ausgeglichen werde ka,
wenn man einfach Lappen nimmt . . .
HÄMMERLING, *entsetzt, weil er nichts mehr versteht, ein Schrei*:
Lappen ? – was.
KLAUS: Lappen, ja, eifach Stoff-Fetzen, Lumpe, Tücher
mit Menstruationsblut von Hündinne tränkt,
um selbst den pflichtbewußtesten,
deutschen Schäferhund,
derart disziplinlos zu mache,

daß ma ihn eigentlich e r s c h i e ß e n muß!

Er lacht wie erschreckt, entschuldigt sich:

. . . also nur erschießen,

was kann schließlich so a arms Hunderl dafür:

wenn es ein Mensch wär!

HÄMMERLING, *erschüttert, in dialektfreiem Pflichtdeutsch:*

Herr Doktor, ich bedanke mich für ihre Anzeige!

Klaus läßt Hämmerling vorangehen, blickt auf Dieter, geht hinter Hämmerling ab.

Vorhang

Zweiter Akt

Schwerer Verdacht nicht nachzuweisen.
Postbeamter sollte Trotzkist sein

Der Beamte erhielt Ende Januar eine Vorladung zur Anhörung über seine Einstellung zur freiheitlich demokratischen Grundordnung beim «Referat 17» der Oberpostdirektion Bremen. Dort wurde ihm, wie aus dem offiziellen Anhörungsprotokoll hervorgeht, erklärt, es lägen Erkenntnisse gegen ihn vor, aus denen sich ergäbe, daß er «linksradikalen (trotzkistischen) Gruppen zumindest nahesteht». Zum Beweis für angebliche Verbindungen zur trotzkistischen Internationalen wurden dem Beamten als «Tatsachen» vorgehalten, er sei am 9. 8. 1978 in der Nähe der italienischen Grenze wegen eines Autodiebstahls von französischen Behörden festgenommen worden. Es stellte sich aber schließlich heraus, daß der Beamte zur Zeit der angeblichen Festnahme und Inhaftierung in Frankreich in Oldenburg im Dienst war und daß sein Auto und seine Papiere im Juli 1978 gestohlen worden waren.

Wilhelmshavener Zeitung, 6. Februar 1979

Bis zum Kriegsjahr 1943 hätte Heilmayer eine Tochter Siegrid taufen lassen, doch in der Bundesrepublik, während der fünfziger Jahre (Reaktion auf den unchristlichen Geist Nazi-Deutschlands), als die Re-Christianisierung Hochflut hatte, taufte Heilmayer seine Tochter selbstverständlich Christiane.
Sie sieht ihm ähnlich, und man muß zugeben, das steht ihr gut. Denn der ehemalige Heeres-Richter ist noch immer ein eindrucksvoller Mann, sehr groß, nicht dick, aber breitschultrig-raumfüllend, was er durch leise Stimme zurückzunehmen für gut hält, wie der Wolf im Märchen Kreide frißt. Seine Haut ist «erfolgsbraun», nicht nur höhensonnen-gewohnt, sondern weil er sich so oft wie nützlich als Ski- und Wasserskifahrer fotografieren zu lassen liebt.
Da Christiane wie die meisten Töchter dem Vater zwar nicht im Wesen, aber physiognomisch und von Statur ähnlicher ist als ihrer Mutter, so ist auch sie lang und breitschultrig; verdankt aber ihrer Mutter, einer kleinen, sehr schwarzen Pfälzerin, die früh rund wurde, obgleich sie eine halbe Generation jünger ist als ihr Mann, die bei so langen, schlaksigen Mädchen ziemlich seltenen starken Brüste. Doch ist sie blond wie ihr Vater war, als der in «schneidiger» Uniform dank seines Aussehens, doch gar nicht wegen seines Auftretens, die Mädchen beunruhigte, für die er übrigens wenig Interesse aufbrachte ...
«Vater Heilmayer» hat die anzielende Zähigkeit des Akademikers der ersten Generation: noch sein Vater war kleinbäuerlich armseliger Herkunft, brachte es aber erstaunlicherweise zu einem mittleren Bankbeamten; daß folglich sein Sohn bestrebt war, ins vornehmste Offizierskorps der Nation einzutreten, also ins Potsdamer Infanterieregiment zu Fuß Nr. 9 («Graf 9» genannt wegen dessen fast ausschließlich adligen Offizieren), ver-

stand sich für Heilmayer so lange von selbst, bis seine instinktsichere Klugheit den Nebel seiner – mit allen Schulkameraden geteilten – Begeisterung für das Dritte Reich durchdrang und ihn warnte, sich freiwillig ausgerechnet zu einem Elite-Regiment der Infanterie zu melden, das dann auch ein Jahr nach Hitlers Überfall auf Rußland schon nahezu ausgerottet war. So drängte Heilmayer mit Hilfe ärztlicher Atteste zunächst zur Justiz und war immer nur zu vorübergehenden Übungen beim Militär, bis er sich über das Jahr 1943 hinaus dann doch nicht länger daheim halten konnte, während fast alle seine Mitabiturienten schon gefallen waren; sechs überlebten den Krieg, den «natürlich» Heilmayer ohne Streifschuß «überstand». Zog er es doch vor, als Soldat so rasch wie möglich Feldrichter zu werden und lieber Soldaten und Offiziere zu verfolgen, oft genug auch hinzurichten, die nicht kampflustig waren, statt selber so dumm zu sein, einmal mitzukämpfen . . .
So ist Heilmayer sogar nach der Terminologie derer, für die er im Kriege «Recht» sprach, indem er Deutsche verfolgte, die nicht für den Installateur von Auschwitz so lange wie möglich «die Front hielten», ein «Schwein», eben deshalb, weil er viel zu pfiffig war, selber zu tun, was er von Jahrgängern, die dann als Angeklagte vor ihm standen, mit dem ganzen Ernst des Hinrichters verlangt hat . . . Man kann ihn einen intellektuellen Schwejk nennen, vorausgesetzt, daß man nicht die hirnlose Begeisterung für diese Appeasement- und Anpasser-Seele teilt . . . Schwejkisch-schweinisch ist auch, wie Heilmayer es verstanden hat, nach Hitlers Tod seine «antifaschistische Widerstandstätigkeit» dadurch zu «dokumentieren», daß er sie unter Eid vor Gerichten sich bestätigen ließ, ausgerechnet von Komplicen, die gemeinsam mit ihm für Hitler Todesurteile beantragt

und gesprochen und vollstreckt hatten. Daß es überhaupt möglich war, Deutsche, die deutsche Soldaten umgebracht haben, als in der Bundesrepublik höchstbestallte Richter und Staatsanwälte für sich in den Zeugenstand treten zu lassen, geht zurück auf das totale Desinteresse der Alliierten an solchen Kriegsverbrechen, die von Deutschen «nur» an Deutschen verübt worden waren . . .

Dieses Desinteresse wirkt weiter und hat zum Beispiel dazu geführt, daß noch dreißig Jahre nach Hitlers Tod kein Mensch – er wäre denn selber für Hitler Militärjurist gewesen – je ein Buch über jene Menschengruppe verfaßt hat, die ohne Übertreibung als die furchtbarsten Militärjuristen der gesamten Weltgeschichte bezeichnet werden müssen, weil sie etwa 30000 eigene Soldaten in den Tod schickten, davon 16000 durch Hinrichtungen, die teilweise noch mit dem Handbeil vollzogen wurden, so in Dresden, in Konstanz; die anderen durch Abkommandierungen in Strafkompanien oder indem man Soldaten, die straffällig geworden waren – Erich Kuby hat das in seinem weithin unbekannten Meisterwerk: «Mein Krieg» aus eigenem Erleben dokumentiert –, einen Urias-Brief an die Front mitgab, der die zwei Buchstaben: «R. U.» enthielt; das hieß: «Rückkehr unerwünscht» . . .

Ehrgeiz ist Heilmayer geblieben in einem Unmaß, wie nur ein entscheidendes Ur-Erlebnis ihn hervorbringen konnte; hier war es die von ihm als Kleinkind geradezu körperlich verspürte wirtschaftliche Beengtheit, unter der noch seine Großeltern gelitten haben; seiner Mutter, der es ja dann an der Seite seines abnorm tüchtigen Vaters «an nichts mehr fehlte» – fehlte aber doch zeitlebens jede Lust und jede Wendigkeit, wenigstens die lähmende Schlichtheit ihres «Denkens» aufzugeben; sie war ein un-

ruhig überfleißiges dummes Huhn und riß, nur um etwas «zu tun» zu haben, Knöpfe von Mänteln und Hosen ab, wenn es im Hause keine mehr gab, die sie hätte neu annähen können. Sie «las» höchstens mal «Hör zu», einen fast so sehr wie sie selbst bornierten Fernsehkatalog ... Da sie erst vor kurzem starb, so hat das den Sohn noch geniert, als er über sechzig und in stattlichsten Ämtern war, so daß er Muttchen «vorzuzeigen» sich niemals getraut hat. Dennoch machte ihn bei ihrer Beerdigung der Gedanke weinen, daß Muttchen nun doch nicht mehr erlebe, daß er Ministerpräsident werde ... denn nie, seit er Landtagspräsident und Minister und einer der höchsten Parteileute war und ist, benagte ihn ein Zweifel an seiner politischen Karriere; im stillen hofft er, einst in dem Amt zu gebieten, das Theodor Heuss geschaffen hat, ohne daß sich allerdings bis zu den Nachfolgern von Heuss je herumgesprochen hätte, daß dieser erste Bundespräsident mit seinem Amt das fehlende Kultusministerium ersetzt hatte ... Heilmayer hat die für Männer, mehr noch für Frauen seiner beengten Herkunft nahezu gesetzmäßige Nichtachtung gegenüber «kleinen Leuten» und bevorzugt in allen Ämtern einen adligen Referenten oder eine Baronesse als Sekretärin; so wie der Kleinstbürger Dr. Josef Goebbels sich von einem Prinzen Aktentasche und Hut hinterhertragen ließ ...
Daß Heilmayer, der als Richter viele hundert Jahre Zuchthaus über Menschen verhängt hat, hier mit der gradezu revolutionären Idee auftritt, den zoologischen Gärten ein Ende zu bereiten, hat mit Menschlichkeit oder Tierlichkeit überhaupt nichts zu tun, sondern mit Heilmayers sehr beträchtlichem Instinkt als Reklamechef in eigener Sache. Weiß er doch, daß es keine Zeitung gäbe, die nicht monatelang diese Forderung mitdiskutieren und also Heilmayers Namen so oft drucken

würde wie den eines Fernsehlieblings. Kein Zufall, daß es Tiere, nicht Menschen sind, deren Befreiung Heilmayer das Wort redet: Tiere sind erstens keine politisch-gesellschaftlichen Gegner; zweitens aber und dies vor allem: Nachrichten, daß jemand einen Hund habe verhungern lassen, aktivieren, wie natürlich Heilmayer weiß, unverhältnismäßig machtvoller die sogenannte Menschlichkeit der Zeitungsleser und Fernseher als die Kunde von einem zugrunde gerichteten Kind oder Greis, daher es sich ja auch empfiehlt, stets einen Hund an der Leine zu führen, wenn man eine belebte Straße überquert: ist doch fast niemand bereit, einen Hund zu überfahren ...
Heilmayers Ironie – nur Selbstironie geht ihm ganz und gar ab – kann sich selten, aber manchmal doch zu Humor steigern; so heute, als ihm einfiel, nach einem Staatsempfang für den südafrikanischen Ministerpräsidenten, der zu Wirtschaftsverhandlungen in der Bundesrepublik ist und auch in Schöngarten von 17 bis 19 Uhr Visite machte, sich gar nicht erst umzuziehen, sondern sofort, noch im Frack mit allen Orden, zu seiner Tochter zu fahren, um «standesgemäß angezogen zu sein, wenn ich dir zum Doktor gratuliere», wie er beim Eintreten gesagt hat (und wie später Klaus sagen wird) ... und wie Tina es eine Minute lang glaubte; sie hat ja keine Ahnung von den Terminen ihres Vaters, da sie niemals an seinem Amtsleben irgendeinen Anteil nahm, seit sie mit Dieter lebt, vorsätzlich nicht, was den Minister oft verstimmte, der stolz ist auf Tina als Juristin ...
Da sich in der BRD die Prominenz, die sich schon deshalb für die Elite hält, weil sie prominent ist, pausenlos gegenseitig mit Verdienstkreuzen bestückt, ohne Parteischranken, so hat «selbstverständlich» auch Heilmayer die allerhöchste «Stufe» des Bundeskreuzes, also jene mit Schulterband und Stern und was alles noch immer

daran hängen mag ... Der Frack, auch die Orden stehen ihm so ausgezeichnet wie einem Zirkus-Direktor, dessen Programm ans Fernsehen verkauft wurde, so daß der sich's leisten konnte, grade gestern beim teuersten Schneider Münchens einen neuen Frack abzuholen ...

Tina stellt schon das Dessert hin; das vierte Schälchen will sie dem jetzt nicht sichtbaren Scharfschützen, der das Dach behütet, hinaustragen. Da sie auch noch eine Flasche Wein mitnimmt, um dem Mann nachzuschenken, hat sie beide Hände voll – so daß ihr Vater, der dort an der geschlossenen Balkontür sitzt, aufsteht, um ihr zu öffnen.

Sie hat sich für den Abend halb festlich angezogen, ein halblanges, ausgeschnittenes Kleid, schwarz, zu dem sie bald eine schöne tomatenrote Stola trägt. Dieter hat einen grauen Anzug an, doch kein Hemd, sondern einen hochgeschlossenen, dünnen schwarzen Pullover ...

Tina, zu dem sogleich von außen im Türrahmen erscheinenden, «voll» bewaffneten Herrn Rutenfranz, der alles schleppt, was er mitgebracht hatte, auch das Gewehr mit Zielfernrohr, allerdings nicht den Plexiglas-Schild; so daß er immerhin eine Hand frei hat und das Dessert entgegennehmen kann – und es dann abstellen, um sein Glas noch hereinzureichen und sich nachschenken zu lassen; er verneigt sich dankend, demütig, stumm ...

TINA: Herr Rutenfranz – hier ist der Nachtisch.
Und Ihr Glas?
Rutenfranz reicht ihr ein Tablett mit abgegessenem Geschirr herein, dann holt er sein Weinglas; geduldig harrt der Minister aus, den Türgriff in der Hand, bis Tina sagt:
Lassen Sie sich's gut schmecken –
und ins Zimmer zurücktritt und das Tablett abträgt in die Kü-

che. Jetzt schließt der Minister wieder die Balkontür; der verabscheute Schwiegersohn, mit dem es heute abend anscheinend noch keinen Konflikt gab, ist aufgestanden, da auch der Minister dort steht, und reicht die Zigarre.

DIETER: Churchill heißen diese Zigarren – richtig?

HEILMAYER: Kenne die Churchill-Zigarre, danke – ja,
wo der Ruhm nicht in die Niederungen
der Popularität vordringt, als Bismarck-Hering,
als Schnapsmarke oder auf Zigarrenkisten:
da ist er schnell verblaßt!
Doch nach Demokraten, wenn die nicht zugleich
Krieger waren wie Lincoln oder Perikles –
tauft keiner Speisen oder Schiffe oder Jugendbücher.
Daher unsereiner nur Mitwelt hat, keine Nachwelt!

DIETER: Ja, irgendwie haut's nicht hin,
einen Schnaps: Schmidt zu taufen.

HEILMAYER *lacht*: Schnaps kann man Schmidt taufen
– doch dann nicht verkaufen!

TINA, *mit Geschirr*:
Aber Schweinsnacken in Aspik, der Strauß heißt,
ist bestimmt unter die Leut zu bringen.

HEILMAYER: Sehr aufmerksam, Christiane,
an Zigarren zu denken,
denn die habt ihr doch sicher nur für mich gekauft –
oder raucht die auch ein Freund?

DIETER *antwortet, da Tina, schon in der Küche, den Zuruf ihres Vaters nicht mitbekam*:
Klaus, glaub ich, raucht Zigarren!

HEILMAYER: Wann wollte der dazukommen?

DIETER, *der nicht raucht*:
Gegen neun, müßte längst da sein!

Minister, schmunzelnd, betont jovial; er entnimmt, da Dieter ihm Feuer geben will, seinem Frack-Westentäschchen den Zigarrenabschneider und geht dann mit Dozentenschritten im

Vordergrund redend hin und her, während Dieter sich der Kaffeemaschine zuwendet, die auf einem Regal steht, auf dem vor allem Bücher sind, auch der Plattenspieler; Tina kommt lebhaft aus der Küche zurück, greift ihr Dessertschälchen vom Tisch, und noch bevor sie sich an die Tür lehnt, es auszulöffeln, sagt sie heftig –

TINA: Herrscher können auch dann Nachwelt haben,
wenn sie keine Kriege führten:
vorausgesetzt, sie haben Kunst gefördert
wie der in Weimar!

DIETER: Der war Herzog, wir sprachen von Demokraten.

TINA: Der Demokrat Perikles blieb nicht berühmt
als Feldherr, sondern als Erbauer der Akropolis.

DIETER, *skeptisch, fast angstvoll*:
Hat in der Neuzeit ein Demokrat Kunst gefördert?

TINA: De Gaulle berief Malraux zum Kultusminister
und sagte: «auch Sartre ist Frankreich»,
als man ihm riet, den einzulochen!

DIETER: Aber de Gaulle war kein Demokrat.

HEILMAYER: Eben – vielleicht hängt das zusammen:
daß Demokraten sich nicht einmischen sollten
in das, was Künstler machen!

TINA: Ausrede der Desinteressierten!
Einmischen tut ihr euch ja doch, durch Zensur.
O jaa: da habe ich als Dessert
noch was viel Pikanteres,
eigens aufgehoben für dich, Vati . . .

Sie ist schon an einer Schublade und zieht eine Zeitung heraus, einen Ausschnitt. Als er sieht, was sie in die Hand nahm, sagt Dieter ganz ruhig und daher wirkungsstark –

DIETER: Gott, ja: in jedem anderen Land käme,
wer öffentlich so redet, in die Psychiatrie;
bei uns – ins Bundespräsidial-Amt!

TINA – *und betont dreimal «einzigen»*:

Die einzige Äußerung eures einzigen Kandidaten
für die Bundespräsidentschaft – zur Kunst
– hört, hört – über den einzigen Deutschen
(Hesse firmierte ja als Schweizer),
der seit einem halben Jahrhundert
den Literatur-Nobelpreis bekam:
«Ich fordere die ganze Bevölkerung auf,
sich von der Terror-Tätigkeit zu distanzieren,
insbesondere auch den Dichter Heinrich Böll,
der noch vor wenigen Monaten unter dem Pseudonym
Katharina Blüm ein Buch geschrieben hat,
das eine Rechtfertigung des Terrorismus darstellt.»

HEILMAYER, *weil Dieter böse lacht, auch Tina*:
Was ist daran komisch?

TINA: Vati! Katharina Blum – nicht: Blüm wie Carstens
sagte – ist kein Pseudonym Bölls,
sondern eine seiner verfilmten Roman-Titelfiguren!

HEILMAYER, *ärgerlich*:
Ja, sollen Politiker jetzt auch noch
mit Romanlesen Zeit vergeuden!

TINA: Sollt nicht, nur wenn ihr öffentlich hetzt
oder wie Carstens den Mob aufputscht,
sich an Böll zu vergreifen: dann solltet ihr den Roman
einmal in die Hand genommen haben,
den ihr begeifert!

DIETER, *leise*:
Sogar dem Hitler konnte Spengler bestätigen:
«Der Führer hat von meinem Buch
den ganzen Titel gelesen.»
Herr Minister, die Verlautbarung Carstens' ...

HEILMAYER: Ich hoffe, ein Zeitzünder wird
in zehn Tagen dem Freund Carstens die Füße
sowieso weggesprengt haben!

TINA: Ach, der, den deine SPD-Kumpanen gegen ihn

zur Explosion bringen sollen!

HEILMAYER, *ein bißchen, nicht sehr aufgeschreckt*:
Pst: was weißt denn du davon?

TINA: Ich saß doch bei dir, als du das vorgestern abend
durch dein Zerhacker-Telefon einem eingeredet hast –
hat mich aber nicht überzeugt: jeder da
im Bundeskanzler-Amt hätte wie damals Carstens
diese illegalen Waffenschiebungen gedeckt!

HEILMAYER, *«mords»-heiter*:
Zugegeben, aber Carstens hat abgeschworen ...

TINA, *ungerührt*:
Nicht für sich – nur für sein Amt schwor er falsch,
das macht ihr doch alle ... Heuchelei der SPD,
wenn sie leugnet, daß sie auch nur
– wie jeder – durch Rüstungs-Industrie
größere Arbeitslosigkeit verhindern kann!

DIETER: Wohin sollte auch sie mit den Waffen,
verschöbe sie überflüssige nicht ins Ausland?
Da klopft Herr Rutenfranz!

Der Herr Scharfschütze Wachtmeister Rutenfranz steht vor der Balkontür, die ja von außen nicht zu öffnen ist, und hat in großer Demut angeklopft, länger schon, da die Redenden ihn nicht hörten jetzt hat Tina, die der Tür am nächsten war, ihm aufgemacht; frontal kommt er nicht durch, er muß sich drehen, um in seiner Vollbewaffnung durch die schmale Dachterrassentür eintreten zu können; da er beide Hände voll hat mit dem fast mannshohen Plexiglas-Schild und der schweren Doppelrohrflinte, so muß Tina die Tür hinter ihm auch wieder schließen – was alles Herrn Rutenfranz zutiefst beschämt, so daß seine anerzogene Untertänigkeit ihn flüstern und fast gekrümmt gehen macht; anfangs hört man nur, daß

TINA *zu ihm sagt*:
Ich hab Sie nicht verstanden, Herr Rutenfranz!
Der wirft einen tragischen Blick auf Dieter, er würde offenbar

lieber mit dem reden, endlich kann er sagen –

RUTENFRANZ: Wenn ich bitte austreten mal dürfte . . .

DIETER, *rasch*: Oh – bitte, hier –

Er geht drei Schritte voran, Rutenfranz geht mit Nicken am Herrn Minister vorbei, folgt Dieter – bis der stehenbleibt und sagt:

Platz für die ganze Bewaffnung ist aber nicht im Klo,
und passieren tut Ihnen da auch nichts, garantiert.

Rutenfranz schreckt auf, lächelt und sucht Standplätze für Schild und Flinte. Jetzt will er Dieter folgen, da sagt Dieter brutal:

Und Ihren Helm?

Rutenfranz schaut erschrocken auf, dann setzt er ihn ab mit beiden Händen und ist nun endlich, was er nicht verbergen kann, in sehr großer Eile.

Als Dieter ohne ihn wieder zum Vorschein kommt, kann es

TINA *nicht lassen, zu sagen*:

Sogar die Macht wird menschlich, wenn sie mal muß.

HEILMAYER *über Rutenfranz*:

Eine Seele von einem Bernhardinerhund.
Dieter, Tina: kein Wort, wenn Klaus kommt, von dem,
was ich da gegen Carstens . . . mit vorbereite!

DIETER: Ich weiß kein Wort, Herr Minister,
woran Sie sehen, wie diskret Ihre Tochter ist.

TINA: Ich hab's nur nicht erzählt,
weil ich nicht glaube, daß Vaters SPD-Freunde
Carstens erpressen können mit dem,
was jeder tut!
Exemplarisch für unseren Staat, daß dagegen
Hetzreden wie bei der Bücherverbrennung
einen Präsidentschaftskandidaten
nicht unpräsidiabel machen,
wenn er sie gegen Nobelpreisträger losließ!
manche übersetzen das: BRD –

Banausenrepublik Deutschland.
HEILMAYER, *lächelnd, aber drohend*:
Mein Kind, wenn ich dein Gast bleiben soll,
darfst du unseren Staat nicht beleidigen, der ...
TINA: Beleidigen? – kritisieren!
Abstellbare Ärgernisse soll man doch wohl
beim Namen nennen.
HEILMAYER: Auch die Kunst profitiert davon,
daß die Bundesrepublik der freieste Staat ist,
der je auf deutschem Boden geschaffen wurde.
DIETER: Nein, Herr Minister, die Subventionen der BRD
an alle kommunalen Kunst-Institutionen
haben die privaten vernichtet ...
erstens grundgesetzwidrig,
da die Chancengleichheit garantiert wird;
zweitens hat's dazu geführt,
daß sich keine Kunst mehr artikulieren kann,
mit der die BRD kritisiert wird ...
Was aber klassisch wurde in der Literatur war stets
– von der Lyrik abgesehen – Kritik an der Zeit,
in der es entstand.
HEILMAYER – *man spürt, er hat nie eine Sekunde darüber nachgedacht, daher jetzt sein rasch wieder verflackertes Interesse momentweise echt ist*:
Aber unser Staat:
sagen Sie doch nicht immer BRD, Dieter!
fragt doch gar nicht, was aus den Subventionen wird,
die wir der Kunst hinschmeißen!
Wieso sollten die dann Kritik am Staat verhindern?
DIETER: Verzeihung, Herr Minister,
nehmen Sie mich auf den Arm,
es kann ja nicht sein, daß Sie das nicht sehen!
HEILMAYER: Ehrlich, ich verstehe Sie nicht, Dieter, ich –
DIETER: Aber Herr Minister: daß im kaiserlichen Berlin

wie noch im Berlin der Republik von Weimar
in jeder Saison kritische Kunst ausgestellt wurde,
deren Angriffsziel die Herrscher
in Gesellschaft und Staat waren,
daß jedoch hier bei uns seit dreißig Jahren
diese Kunst nicht da ist,
weil sie sich doch nicht artikulieren könnte,
hat selbstverständlich nur diese eine Ursache:
die Kollwitz und Grosz, Hauptmann, Sternheim
– ja noch der Brecht der «Dreigroschenoper»
waren nicht, wie jeder,
der heute malt, schreibt, komponiert,
angewiesen auf Theater, Opern und Galerien,
die finanziert wurden
von der sogenannten öffentlichen Hand!
Da jedoch noch nie ein Hund die Hand gebissen hat,
die ihm das Fleisch hinhielt, so beißen
auch unsere Kunstdirektoren heute nicht jene,
die ihnen Gehälter zahlen, deren Irrsinns-Höhen
sie als Schweigegeld ausweist.
Nie in Deutschland waren die Intellektuellen,
soweit sie aus der öffentlichen Hand fressen,
und die sind die machtvollen
– dermaßen korrupt wie heute!

TINA: Ob Herrn Rutenfranz doch etwas zugestoßen ist?

HEILMAYER: Weil er ohne Gewehr da hineinging?

Alle sehen Richtung Toilette, jetzt erst recht, weil Rutenfranz wieder erscheint, und zwar so demütig, daß alle drei rasch wegsehen, damit der überhaupt gehen kann. Um ihm die Befangenheit zu nehmen, während er sich wieder den Helm aufsetzt und Gewehr und Schild ergreift, sagt Heilmayer, der sich natürlich sehr gefreut hat, zu hören, wie Dieter Intellektuelle kritisierte:
Ist denn das wahr, Dieter, was Sie da über Korruption
dieser Intellektuellen sagen?

DIETER: Hat mich auch überrascht, als ich meine
Diss schrieb über Justiz als Zensur
... und dabei entdeckte ... was ist?
Denn er hat Herrn Rutenfranz wieder die Balkontür aufgemacht, da ja der keine Hand frei hat. Rutenfranz stiefelte auch schon schwer und vertrauenerweckend an Heilmayer und Tina vorüber der Tür zu – als er ruckartig stehenbleibt, den Schild einfach fallen läßt, sich mit der Linken in die Magengrube drückt, sich krümmt und angstvoll sagt mit großen Augen –

RUTENFRANZ: Darf ich noch – ich muß!
Und er hastet klowärts, nimmt in der Eile (und offenbar auch in Schmerzen) Gewehr und Helm jetzt mit, verschwindet; als er abgeschlossen hat, sagt –

DIETER: Verständlich, daß er bei diesem Druck
sogar seinen Helm noch mitnimmt.

TINA: Der Arme muß krank sein ...

HEILMAYER: Entdeckten Sie, als Sie Ihre Diss schrieben,
Korruption als Grundlage der Zensur, Dieter!

DIETER: Ja; ich entdeckte
– höchst schmeichelhaft für uns Juristen –,
daß niemals die Justiz nötig war, Zensur zu üben,
weil in der Bundesrepublik
die Selbstzensur jener Intellektuellen,
die durch eine Pfründe entmannt sind,
jedem Staatsanwalt zuvorkommt;
nicht früher, doch heute in Demokratien
verdienen ja die intellektuellen Amtsträger
unendlich viel mehr an der Kunst als jeder,
der welche hervorbringt:
dafür sparen sie dem Staat, der sie bezahlt, besticht,
das Gehalt für das Amt des Zensors,
das sie mitausüben.

HEILMAYER: Da muß auch ich mir ein Versäumnis
ankreiden, weil diese Amtsträger und Künstler

als Wählerpotential so unerheblich sind
wie Bienenzüchter,
hab ich nie einen Gedanken an die verschwendet!

DIETER: Absurd zu hoffen, ein Bild, ein Drama
das etwa Gewerkschaftsbonzen zeige, heute,
könne in einer städtischen Galerie oder Volksbühne;
Bilder, Stücke, die CSU-Parteitage malten,
könnten in München irgendwo ausgestellt werden!
Hätten nicht Leute, die noch persönlich
ihr Geld verloren, wenn er keine Kasse machte,
Wedekind gefördert: so hätte der so wenig wie Kleist
je ein Stück von sich auf der Bühne gesehen,
denn er starb vor 1918!

HEILMAYER: Problematisch, zugegeben,
doch warum muß denn auch
Kunst gegen die Gesellschaft anstänkern?

TINA: Diese Frage, Dieter, beantwortet, warum Papi
so gern in die Oper geht, da ist er sicher
vor der bösen Wirklichkeit.

HEILMAYER, *nimmt das mit Humor, sagt ebenso süffisant*:
Verleumdung, Fräulein Tochter: ich habe noch jede
Klassiker-Aufführung unsrer Hauptstadt inspiziert,
selbst als Hamlet uns
mit nacktem Hintern zugemutet wurde.

TINA: Warum nicht, ein Hintern hat ja keine Zähne
– Klassiker beißen nun einmal nicht;
auch dem gefährlichsten sind nach dem Tode
– wie bald! – die Zähne ausgefallen.

HEILMAYER, *total desinteressiert*:
Wenn nicht einmal Heuss ohne Kultusministerium
initiativ werden konnte . . . jede Kunstpolitik würde
Bonn als Einmischung ausgelegt!

TINA: Da seid ihr aber froh drum:
sonst würdet ihr das ändern!

Auch ein Wissenschaftsminister
war ja in der Verfassung nie vorgesehen –
und nun gibt es ihn doch!
Das muß doch nicht so bleiben, daß Bonn
die einzige Hauptstadt ist,
die keinen Verleger hat, keine Zeitung, keine Galerie,
kein Stück Architektur, das sie selber schuf,
keine Akademie, kein Theater, keine Oper,
keine Wissenschaftler, keine Künstler,
die irgendwer kennt!

DIETER: Wie soll dieser Staat einmal aussehen
in der Nachwelt?

TINA: Wird keine haben,
denn allein seine Kunst könnte sie überliefern,
doch Kunst hat er nicht, macht er nicht
als Auftraggeber, die nicht ebenso aussähe
wie die von Zürich oder Chicago.

RUTENFRANZ, *sieht wirklich miserabel aus, er stammelt, während er zum Schild geht, den aufzuheben*:
Mein Magen, Verzeihung, ich habe – ich bin krank.

HEILMAYER: Wachtmeister, fahren Sie heim,
wenn ich irgendwo sicher bin, dann hier
bei meinen Kindern . . .

TINA, *spitz*: Wo dich niemand vermutet – entschuldige!
Sie gibt ihm einen Kuß, sagt rasch:
Wurden Sie krank durch mein Essen?

RUTENFRANZ *in gräßlicher Verlegenheit*:
Nein, danke, wir üben seit drei Tagen im Fluß
und da ist denn Durchfall . . .

HEILMAYER *desinteressiert, aber mitleidig, um ihm zu helfen*:
Was übt ihr im Fluß?

RUTENFRANZ, *jetzt nicht mehr so befangen, da er Amtliches und zu einer Amtsperson reden kann; er steht stramm*:
Weil doch, melde Herr Minister, neulich in Bonn

auffiel, als die Queenin von England
Staatsbesuch machte,
daß niemand, also fast niemand von uns da war,
der das Rheinschiff auch hätte können
unter Wasser observieren, ist angeordnet,
alle Einsatzstaffeln auch in den Ländern
mit Taucher-Zusatz-Ausbildung . . .
also auszurüsten.

HEILMAYER: Aber wenn Sie doch krank sind!

RUTENFRANZ, *angstvoll*:
Nein, melde, morgen früh ist schon Abschlußprüfung,
ich will unbedingt mitmachen, weil ich dadurch
bei der Besoldungsordnung von Gruppe Ao I
automatisch vorrücke in die nächsthöhere Gruppe.

TINA, *hat ihm inzwischen aus der Küche Feigen und Schokolade geholt*:
Essen Sie Feigen und Schokolade, Herr Rutenfranz.

RUTENFRANZ, *sich krümmend*:
Oh – das ist aber . . . danke auch!
Er tappt hinaus, Tina macht die Tür hinter ihm zu.

DIETER, *ruft vom Regal her, wo auch die Kaffeemaschine steht*:
Kaffee! Tee wollte ja keiner . . .
Aber unmöglich, nicht wahr, Känguruh, heute
nicht dies Teeservice einzuweihen
– trinken wir also Kaffee, schlag ich vor,
aus Teetassen?
Er wies auf ein großes, buntes Teegeschirr, das frisch ausgepackt (noch liegt die Verpackung herum) auf der Kommode steht.

TINA: Vati, bist du auch ganz sicher, daß Mutti
gutheißt, mir das zu schenken,
vermutlich hat Mao es doch ihr überreicht?

HEILMAYER: Erstens rief Mutti heute abend an,
ausdrücklich zu befehlen, es dir mitzubringen!

Zweitens war der Vorsitzende schon so alt,
daß er unmöglich noch gemerkt hat,
ob er's deiner Mutter oder mir überreichte!
Er macht mit hängender Kinnlade nach, wie Mao ihm die Hand schüttelte ...
Wenn ich Gäste aus Rot-China habe,
dann wirst du's mir borgen!
Das Telefon läutet, zu ihm hingehend sagt –

TINA: Mutti! Da ruft sie an – jaa? Aha, Moment!
Für dich, Vati – Bundeskanzleramt.

HEILMAYER: Heilmayer – n'Abend, n'Abend ...
Entsetzlich, wie erwartet.
Pause.
Armer, anständiger Moro. Stellen Sie bitte fest,
wer offiziell für die Bundesregierung teilnehmen wird.
Gute Nacht.
Zu Tina und Dieter:
Aldo Moro tot aufgefunden.
Anscheinend schon bekannt,
daß Familie Moro sich die Teilnahme des Staates
an der Beerdigung verbeten hat.

TINA: Hat mehr Charakter als Familie Schleyer.

HEILMAYER: Liebes Kind, das ist sehr taktlos
– warum hätte man mir die Teilnahme
an Schleyers Beerdigung verwehren sollen?

TINA: Nicht dir – jenen,
die entschieden haben, Schleyer – wie jetzt Moro –
seinen Tötern zu überlassen.

HEILMAYER: Ich wurde auch konsultiert:
Bonn hat zu Recht den armen Mann nicht
mit der Freisetzung von Gangstern freigekauft,
die neuen Terror produziert hätten.
Jetzt ist der Krach-«Grund» da, der Dialog nimmt zu an Tempo.

DIETER: Verzeihung: Wir wissen von Angeboten

auch fremder Geheimdienste,
die sieben Stammheimer zu observieren,
ja, sie mit List wieder einzufangen!
Ein Sicherheitsrisiko wären die geblieben –
aber eine Gefahr, so groß, daß der Staat sich
durch die Aufopferung eines Bürgers
von dieser Gefahr loskaufen durfte:
so groß war sie nicht!

HEILMAYER, *noch konziliant*:
Mich schaudert, wie privat und leichtfertig
ihr zwei, künftige Staatsdiener,
auf Erpressungen einzugehen für erlaubt haltet.

DIETER: Herr Minister,
Schleyer wie Moro bekundeten beide,
daß sie gerettet werden wollten von denen,
die dazu die Macht hatten ...

HEILMAYER: Die sich aber einig wußten mit neunzig
Prozent ihrer Wähler, wenn sie Schleyer opferten!

TINA: Dann führ doch gleich die Todesstrafe ein:
weil die auch von großer Mehrheit gefordert wird:
von allen, die wollen, daß Nazi-Morde verjähren!
Zynismus, daß zur Beerdigung das Kabinett mitlief,
das gegenüber Schleyer den elementarsten Grundsatz
der Menschlichkeit verriet, Kants Gesetz:
«Kein Mensch darf nur als Mittel benutzt werden!»

HEILMAYER: Typisch für die Jugend von heute,
abzuleugnen, daß es zwischen Himmel und Erde
etwas geben könnte,
das mehr zählt als ein Menschenleben.

DIETER: Selbstverständlich darf man einem Prinzip
ein Leben opfern – doch nur das eigene.

HEILMAYER: In Wahrheit habt ihr zwei
keinen Funken Mitgefühl,
ihr benutzt Schleyer oder Moro, dem Staat

die Handlungsvollmacht abzusprechen.
TINA: Gewiß, die Vollmacht, einen Mitmenschen
auf bloßen Verdacht seinen Killern zu überlassen!
HEILMAYER: Verdacht?
TINA: Auf das durch nichts bewiesene Armutszeugnis,
das Bonn sich selbst ausstellte:
dieser Staat mit einigen hunderttausend Polizisten,
mit Datenbank und seinem perfektionierten Trieb,
die ganze BRD umzuwandeln
in ein geschlossenes BKA:
könne zehn Terroristen, wenn er die freiläßt,
nicht hindern, neue Terrorismen zu begehen . . .
Wenn der Staat zugibt, daß er nichts kann
– ist, wie Schleyers Sohn vor Gericht hörte,
die «Abwesenheit aller legalen Rechtsmittel» gegeben:
mit der aber rechtfertigt Burckhardt
den «Mord als Hilfsmittel».
HEILMAYER, *hinterlistig*:
Soo? – und mit Mord an wem: hätte Schleyer junior
sich des Mords als Hilfsmittel bedienen sollen?
TINA: Ich sage nicht, er hätte sollen!
Ich weiß nicht einmal, was ich getan hätte:
wärst du das Opfer gewesen;
durchaus möglich, ich wäre zur Mörderin geworden
– an jenen, die ihre Pflicht verrieten,
dich freizukaufen,
da sie freikämpfen nicht konnten.
HEILMAYER: Hätte demnach Schleyer junior
den Kanzler erschießen sollen?
TINA: «Sollen» – wer sollte das entscheiden?
Amoklauf ist verwerflich, aber verständlich,
jedenfalls nicht zu beurteilen ohne Untersuchung,
was ihn auslöste . . .
und da der Junge über Karlsruhe

auf legalem Wege Recht nicht erhielt,
das ihm zustand, verstände ich's,
wäre er Richter in eigener Sache geworden:
immerhin kämpfte er für das Leben seines Vaters!

HEILMAYER: Also wer kein Recht bekommt – oder was er dafür hält –, darf Kohlhaas werden?

TINA: Er darf nicht. Daher muß er!
«Dürfen» ist doch gar keine Kategorie,
wenn es ums Letzte geht, ums Leben:
wer dürfte einem denn da noch sagen,
was einer dürfte – etwa jene
persönlich bestens abgesicherten Bürokraten,
die Moro wie Schleyer den Mördern überließen?
Was sollten die dürfen, wenn sie handeln,
als dürften sie ein Untertan opfern!

DIETER, *da Tina abgekämpft schweigt, ziemlich gelassen, kaum ironisch*:
Da Herr Minister selber postulierten,
es könne Höheres geben als ein Menschenleben:
so kann auch das Leben derer,
die Moro einem nur ausgedachten Prinzip opferten
– jedes Prinzip ist nur eine Auslegungsfrage,
kein Absolutum, selbst das sogenannte göttliche nicht –,
so kann auch deren Leben nicht unantastbarer sein
als für die Schleyers und Moros Leben gewesen sind.
Denn natürlich muß jeder sich gefallen lassen,
an seinen eigenen Ansprüchen gemessen zu werden.

TINA: Es muß verderben,
daß unsere Politiker ohne Risiko für ihre Person
für die Person eines Gekidnappten entscheiden,
die sei zu opfern – dem Popanz «Staatsräson»,
der nie ein Absolutum war, sondern heute so
und morgen anders kostümiert ist,
ein Faschingswitz.

Heilmayer: Der Staat ein – Faschingswitz?
Tina: Nicht der Staat – die Staats-Vermessenheit,
das Leben eines Untertanen zu opfern – dem,
was er in jeder Parlamentsrede sein Prinzip nennt
des «freiheitlich demokratischen Rechtsstaates»:
Der Bundestag als Geltungsbedürfnis-Anstalt:
oder hat je aus einem britischen,
schwedischen, belgischen Parlament wer gehört,
daß die sich selber immerfort
als freiheitlich demokratisch preisen?
Dieter: Ganz logisch: was einer nicht hat oder ist,
davon redet er dauernd,
weil sein Mangel ihn beunruhigt.
Das Imponiergehabe der fünfhundert MdBs
resultiert aus ihrer Einsicht,
von sieben reaktionären Sklerotikern in Karlsruhe
entmündigt zu sein.

Heilmayer öffnet Herrn Rutenfranz, der wieder anklopfen mußte, diesmal jedoch Helm, Flinte, Schild schon draußen ließ und nun auch, während er mit einem dreimal gestammelten: «Entschuldigung» gekrümmt ins Klo hastet, weglegt, was er in der Hand hielt: sein Walkie-Talkie. Als sei er gar nicht eingetreten, geht der Dialog weiter, sehr gereizt antwortet

Heilmayer: Karlsruhe hat Schleyer nicht getötet.
Tina: Aber wer einen retten kann vor dem Tode,
ohne für diese Rettung einen anderen zu töten,
und das unterläßt – hat dessen Tod mitverschuldet.
Die BRD hätte keinen töten müssen,
Schleyer zu retten.
Sie steckte den Kopf ins Gesangbuch
und choralte ihren stumpfdummen Singsang:
«freiheitlich demokratischer Rechtsstaat» –

Großer Stimmenaufwand, heftige, viele Worte in Herrn Rutenfranz' Walkie-Talkie . . .

– um Schleyers Hilferufe zu übertönen
und davon abzulenken,
daß sie nichts tat, nichts, ihn freizukaufen.

DIETER: Herr Minister, Tina drückt polemisch aus,
das ist zuweilen nötig –
was durch einen historischen Präzedenzfall
als Gesetz in der Welt ist
und niemals mehr ignoriert werden dürfte.
Calvin hat in Genf den Arzt Servet
erst geröstet, dann auf dem Scheiterhaufen verbrannt.
Servet war Entdecker des Lungenkreislaufs
und Kritiker der Dreieinigkeits-Lehre.
Der ihn vergebens verteidigte: Castellio,
ein hungernder Flüchtling in Basel,
prägte das humane Urwort gegen alle Absolutisten
– gegen die Absolutisten des Rechts,
der Religion, des Staates.
Castellio sagte: «Einen Menschen töten, heißt nicht:
eine Lehre verteidigen, sondern heißt,
einen Menschen töten und weiter nichts.»
Schleyer und Moro ließ man töten,
um eine Lehre zu verteidigen,
die von der Staatsautorität.

Wieder großer Sprecherlärm im Walkie-Talkie. Verstehen kann man nichts.

Rom und Bonn hätten die Belehrung,
der Mitleidlosigkeit des Untergrunds fähig zu sein,
aus sich selber entwickeln müssen,
als ihre Waffe.
Sie durften die Wahl dieser Waffe
nicht Verschleppern anheimstellen!
Unser Kanzler, forsch wie Wilhelm ohne Bart,
dankte dem Himmel, daß Karlsruhe duldete,
Schleyer dessen Killern zu lassen

– hätten wir unabhängige Richter,
müßte einer ihn vor Gericht ziehen,
damit der Regierungschef in seiner Person
für das einstände, was er der Person Schleyer
bis zum Tode aufgebürdet hat:
Demonstrationsobjekt zu sein
für den Staats-Dünkel,
ein Leben hinzugeben, dessen Rettung
kein anderes Leben gekostet hätte,
sondern nur Prestige!

Hundegebell, das sich steigert, im Treppenhaus: offenbar von großen, furchterregenden Hunden, dann auch ganz nahe: weil vor der Tür auf dem Speicher offenbar auch ein Hundehalter saß.

TINA: Klar, daß alle Hunde bellen,
wenn du den Kanzler einlochen willst!

HEILMAYER – *froh für die Ablenkung, amüsiert*:
Stürmt wer das Haus!

DIETER: Ehrengebell der Polizeihunde,
denen man mitteilte, Herr Minister
sei Ehrenpräsident der Tierschützer geworden!

TINA, *die die Speichertür öffnete, zurückkommend*:
Der hier oben, mit dem Dobermann,
ist runtergegangen ins Treppenhaus.
Hast du Bescheid gesagt, daß Klaus kommt?

DIETER: Nein – hätte ich sollen?

HEILMAYER, *gereizt*:
Natürlich brauchten Sie nicht
Ihren Besuch voranzukündigen.

Das Hundegebell nahm noch einmal zu, jetzt schweigen die Tiere.

HEILMAYER: Wie wollen Sie Richter werden,
wenn Sie . . .

DIETER: Ich werde nie Richter, Herr Minister!

HEILMAYER, *sarkastisch*: Das ist bequem!

Anklopfen, schnell tritt Herr Hämmerling ein, ohne Hund. Hinter ihm, theatralisch parodierend mit hochgestreckten Armen, wie ein Raubmörder aus seinem Versteck auf Polizisten zutritt, die ihn soeben «ausräucherten», kommt Klaus; hinter dem ein furchterregend bewaffneter, uniformierter Prominenten-Schützen.

HÄMMERLING: Entschuldigen, Herr Minister, aber
Herr Dr. Schultz ist ohne Paß
gekommen; sein Name (ohne
Doktor) ist im Fahndungsbuch ...

HEILMAYER, *jovial*:
Herr Schultz, warum heben Sie die Arme?

HÄMMERLING, *böse*: Kein Mensch hat das verlangt.
Er macht sich dauernd lustig ...

KLAUS, *grinsend*:
Des wenigstens bin i dem Staat schuldig, wenn i ohne
Paß umanand lauf! Guten Abend.

HEILMAYER, *der ihm die Hand gab und bemüht ist, lächelndes Gesicht – was er ja meist hat – zum ernsten Spiel zu machen*:
Meine Herren, ob im Fahndungsbuch oder nicht:
mir tut dieser Herr Schultz nichts, ich danke.

Er winkt die weg, doch Hämmerling pariert nicht, weil er eine furchtbare Entdeckung machte, wie man seinem Gesicht ablesen kann: das Walkie-Talkie des Wachtmeisters Rutenfranz. Er greift es auf und sagt –

HÄMMERLING: Entschuldigen, Herr Minischter, darf ich
fragen, wo Wachtmeister Rutenfranz ...

Heilmayer, mit einem Wink zur Klotür; Hämmerling ist dermaßen erzürnt, daß er nicht reden kann; mühsam bringt er dann hervor:

Rutenfranz ischt mein einziger Mann auf dem Dach,
er weiß, daß Herr Minischter ausdrücklich
... er weiß, ausdrücklich verboten hat,

diese Gefahrenquelle erschten Ranges
mit mehr als drei Mann zu sichern!

HEILMAYER, *dessen Verlegenheit gesteigert wurde, was ihn sauer macht – legt dennoch Hämmerling die Hand auf die Schulter, um zu sagen*:
Ich habe die Verantwortung, Hämmerling.

HÄMMERLING, *sehr selbstbewußt widersprechend*:
Gestatten Herr Minischter, diese Verantwortung kann
ich an – an niemanden abträten, niemand würde,
wird mir, sollte Herrn Minischter etwas zustoßen ...
am wenigsten an den Betroffenen selbst
bin ich befugt, Verantwortung zu delegieren ...

HEILMAYER: Aber da ist ja Rutenfranz schon –

HÄMMERLING: Wachtmeister Rutenfranz, Sie haben
morgen sieben Uhr schriftlich Meldung zu machen.

HEILMAYER: Gut jetzt – jeder auf seinen Posten,
der Mann hat absolut korrekt ...

HÄMMERLING: Gestatten Herr Minischter, er hat ...

HEILMAYER, *eisig amüsiert*:
Nein, gestatte nicht, Hämmerling ... bitte!

HÄMMERLING, *im Begriff zu gehen, weil er dazu gezwungen ist, läßt an seinem Gesichtsausdruck merken, daß er dem armen Rutenfranz «heimzahlen» wird, was der ihm – nicht angetan hat. Schon im Hinausgehen, während Rutenfranz sich strammstehend so dreht, daß er jede Drehung seines aufgeregten Vorgesetzten mit «vollzieht»*:
Rutenfranz, Ihr Talkie – warum haben Sie nicht
weisungsgemäß Ersatz für Aufsichtsort eins,
das Dach, angefordert, ehe Sie ... wir sprechen uns!
Ab.

RUTENFRANZ, *geschockt*:
Ich konnte ja nicht, ich hatte – es ging zu schnell.

HEILMAYER, *väterlich*:
Bring ich Ihnen in Ordnung.

Dieter schließt die Balkontür hinter Rutenfranz. Schnell hat Tina gesagt, während sie Klaus eine Tasse Kaffee hinhält –

TINA: Du wußtest doch,
heute sind wir von Polizisten umstellt.

KLAUS, *ernst*:
Ehrlich – nein! Ich wollte meinen erneierten Paß,
heit abholen. Aber ich hatte übersehen,
daß mir Deitschem neierdings net mehr Paßfotos
wie sie überall in der Welt gültig san,
einreichen derfan,
sondern größerformatige, achtadreißig mol
zwoafuchzig, a neie Verordnung, Mindestgröße
– weil die früheren, woas net, an Raster ham, der . . .

HEILMAYER: Und da gab man Ihnen den Paß nicht?

KLAUS, *grinsend*:
Z'wegen dem Fahndungsbuch, aber des bin net i,
der Gesuchte
– das wurde festg'stellt. Wer Müller oder Schulz heißt,
braucht's für a Hetz net zu sorgen!
Gute Leit ham's, Herr Minister, Kompliment!
Ohne daß Herr Hämmerling mi heit früh
g'sprochen hätt un mi identifizieren hat können
– wär i net naufgelassen worden.

DIETER, *empört*: Wieso, kein Bürger ist verpflichtet,
den Paß bei sich zu führen!

KLAUS: Sogar mein Aktenköfferchen ham's durchwühlt
– wo – ja, wo is denn der jetzt?

DIETER: Dein Köfferchen? Sind die verrückt!

KLAUS: Ja – muß die Polizei noch ham!

Tina, wieder an der Tür, sie öffnend; wütendes Dobermann-Gebell, Geschrei des Herrn Hämmerling, stark schwäbelnd:

HÄMMERLING: Do bleibst! Platz! – ruhig.

TINA, *während man Hämmerling an der Tür sieht*:
Herr Hämmerling, das Köfferchen von . . .

HÄMMERLING, *in sein Sprechgerät, außerhalb der Hörweite, weil er sich – sprechend – mit dem Rücken zum Raum so stellt, daß niemand hört, was er in den Apparat sagt; jetzt zu Tina und Klaus*:
Wird sofort gebracht, der Koffer.

TINA, *fast erschrocken, sich Klaus zuwendend*:
Die werden den doch nicht durchsucht haben!

KLAUS, *«mords»-heiter*:
Natürlich! Aber des is mir wurscht. Herr Minister,
darf ich Ihnen herzlich danken,
daß Sie mir trotz Ihrer Familienfeier
und trotz des Staatsbesuchs
des südafrikanischen Präsidenten . . .

HEILMAYER, *abwinkend*:
Der ist ja um acht schon weitergereist . . .

TINA: Wie schade, Klaus, daß du davon wußtest,
ich hoffte, du glaubtest, Vati hätte mir zu Ehren
den Frack angezogen . . .

DIETER, *boshaft*:
Was nämlich Tina im Ernst geglaubt hat.

TINA, *während alle lachen*: Verleumdung!

DIETER: Eine Minute hat sie das geglaubt.

HEILMAYER: Sehr berechtigt bei Magna cum laude,
dieser Glaube. Gib mir noch einen Kuß, mein Kind.
Er sagt, eine neue Zigarre mit umständlichem Ritual abschneidend, anzündend, gönnerhaft und doch zugleich distanzierend; Klaus hat Hut und Mantel an Dieter gegeben:
Die Kinder haben mir berichtet von Ihrem Fall, ich –

KLAUS *fällt ihm demütig ins Wort; sein ausgeprägtes Bayerisch, das er zu Tina und Dieter spricht, nimmt er gegenüber Heilmayer zurück; er will noch gut Wetter machen*:
Gratuliere, Herr Minister,
zu Ihrem revolutionären Plan
– ich hörte durchs Autoradio Ihr Interview –,

die zoologischen Gärten abzuschaffen!

TINA, *begeistert*:
Wunderbar, ja, Vati – aber das gibt Krieg!

HEILMAYER, *geschmeichelt, daher versöhnt; er weiß genau, daß er Zeitungskrieg damit entfacht – das einzige, was er damit will*:
Krieg, wieso?
Kein Mensch kann im Zeitalter des Fernsehens,
das zweimal in der Woche die herrlichsten Tierfilme
ins Haus strahlt – noch rechtfertigen,
moralisch, Tiere einzukäfigen . . .
ich werbe mit Rilkes «Panther»;
da möchte ich den Hartherzigen kennenlernen,
der sich noch erdreistet zu «begründen»,
Tiere dürften lebenslänglich kriegen . . .

DIETER: Auch ist ja die wissenschaftliche Begründung
die platte Lüge:
denn nur versteckte Fernseh-Kameras zeigen Tiere,
wie sie sind; der Zoo-Direktor kann
aber nur gefangene studieren, denaturierte!
Seine Beobachtungen haben keinerlei Wert.

HEILMAYER, *sehr sicher, daß ihm diese Idee bundesweite Popularität zusichert*:
Ich sage jetzt sofort, daß ich kein Jahr lang
Ehrenpräsident der Tierschützer bleibe,
wenn ich nicht spontan in jeder Stadt,
die einen Zoo besitzt, militante Anhänger finde
für meine Kampagne: «Schließt die Zoos!»

TINA: Vati, ich finde das sprachlich irreführend:
denn wo man Käfige schließt
– befreit man ja nicht die darin Gefangenen!

HEILMAYER, *lacht sehr herzlich und laut, ja er küßt seine Tochter, da sie so nahe bei ihm steht*:
Wunderbar, Kind – gut, daß dir das noch auffällt!

DIETER, *auch lachend*:
Aber «öffnet die Zoos» – können Sie auch nicht
propagieren, sonst wird unterstellt,
Sie ließen die Tiger auf Passanten los.

HEILMAYER, *abwinkend*:
Das Problem ist erkannt, das sprachliche . . . nun
muß man warten auf die Minute der Inspiration:
der erfolgreichste Wahlslogan unserer Partei fiel dem,
der drauf gekommen ist,
auch vermutlich beim Rasieren ein:
«Freiheit statt Sozialismus» . . .

TINA: Danach ist er auch, finden wir –

HEILMAYER, *gelassen*:
Ich weiß, daß ihr das findet . . . eine Frage
nur des Jahrgangs, mit dreißig versteht ihr mich.
Und da ihr ja gute Demokraten seid – oder?
so werdet ihr zugestehen,
daß auch Wähler über dreißig
das Recht haben, Politik mitzubestimmen . . .

Großer Sprechlärm im Walkie-Talkie, das Rutenfranz in seiner Qual über das, was Hämmerling ihm antun wird, vergessen hat.

TINA – *alle haben es erst jetzt entdeckt –, springt hinzu, reißt die Balkontür auf, ruft*: Herr Rutenfranz!
– und reicht es ihm hinaus, als der endlich, es dauert einige Zeit, vollbewaffnet erscheint . . . offenbar mußte er vom Dach erst herabklettern . . .

HEILMAYER, *jetzt nicht mehr gelassen, sondern distanzierend*:
Politik! – ja, ein böses Zusammentreffen.
Sie hörten von Moros Tod?

KLAUS, *nickt*: Auch in den Auto-Nachrichten.

HEILMAYER: . . . die Kommentare meiner Tochter,
meines Schwiegersohns haben deren Fürsprache
für Sie, mein Lieber,

erheblich um ihre Überzeugungskraft gebracht.
KLAUS, *lacht, versteht tatsächlich nicht*:
Ich versteh net, Herr Minister,
von Moros Ermordung – zu meinem Hinauswurf,
da ist doch eine Distanz wie . . .
zwischen dem lieben Gott und dem Hutmacher!
HEILMAYER, *drohend amüsiert*:
Mag sein, aber wie klein, wie verschwindend klein
ist die Distanz zwischen I h r e m Denken
und dem dieser zwei Anarchisten hier,
die sich erstens als meine Kinder tarnen,
zweitens – noch schlimmer – als Juristen.
Würden Sie auch wie Dieter und Christiane . . .
buchstäblich die Anarchie proklamieren?
DIETER, *der Tina ansah, jetzt*:
Anarchie war die Kapitulation Bonns:
Killern deshalb einen Bürger zu überlassen,
weil der Staat nicht verhindern könne,
daß freigelassene Terroristen
neue Morde veranstalten.
Ein Staat, der so sieben Eingesperrten erlaubt,
ihm die Handlungsweise vorzuschreiben,
hat mit dieser Ohnmachtserklärung
sein Recht abgetreten an Mächte,
die e r im Griff haben müßte:
das ist Anarchie.
HEILMAYER, *wie mit einem Messer*:
Danke, bekannt, I h r e Ansicht!
Zur Debatte steht die von Dr. Schultz!
KLAUS: Hab keine zur Schleyer-Quälerei, Herr Minister,
weil ich derzeit im Ausland war . . .
HEILMAYER: Sie wollen sie nicht sagen?
KLAUS: Oh – da sag ich Ihnen halt,
was ich dazu mein, dös die den Moro

net herausg'holt ham, obgleich der Moro
aus religiöser Überzeugung
die ihm vorgehaltene Staatsräson-Ausflüchte
verworfen hat als nicht rechtens:
bin sicher, die Großbourgeoisie
hat ihre unantastbare Integrationsfigur
deshalb den Krallen der Roten Brigade
net entrissen, weil Moro der Weitschauende war,
der eine Koalition mit dem Kommuniste Berlinguer
für unabänderlich hielt.

HEILMAYER, *als habe er Klaus «ertappt», höhnisch*:
Oho, welchem Lager entstammt Ihre Information?

KLAUS: Ich war ein Jahr Arzt in Florenz.

HEILMAYER: Sind das wirklich
Informationen, Herr Schultz
– nicht viel mehr Überzeugungen?

KLAUS: Inoffizielle Informatione – die offiziellen
meide ich wie die allabendliche
nationale Gesundbeterei der Deutschen Tagesschau.
Er lacht, bedient sich – ohne Ironie merken zu lassen –, bei seiner Anrede des hohen Herrn der dritten Person, zuweilen:
Herr Minister wisse, g'schaßt hams mich,
weil ich vor Jahren eine Barrikade
gegen an Presse-Konzern mitgebaut hab:
so naiv wär i nimmer, heit weiß ich,
dös alle unsre Zeitunge z'samm'g'nomme
net halb so viel Falschinformation
unter die Leit bringen können
– wie allein die Tagesschau jeden Abend
an unangenehmen Wahrheiten unterschlägt:
man schimpft auf einen oder drei Presse-Zaren
und kennt die, welche entscheiden,
was in die Tagesschau kommt – und was
in ihr unterschloag'n wird: net amoal

dem N a m e n n a c h . . . bin sicher,
Moro wurde bewußt Killern überlassen,
weil er an Bündnis mit links . . .

HEILMAYER, *huldvoll, doch abwiegelnd*:
Nun – das betrifft Italien. Bestürzend
– und relevant – finde ich, wie Sie hier,
Herr Schultz, über u n s e r n Staat sprechen,
bei dem Sie schließlich als Arzt
Ihr Geld verdienen wollen.

KLAUS, *während man Tina anmerkt, daß sie sich gewaltsam zurückhalten muß*:
Informationen des Auslands einz'holen, Herr Minister,
ist ja noch net verfassungsfeindlich – oder?
Und da sie mich kennen seit vielen Jahren . . .

HEILMAYER, *kalt*:
Ihre politischen Umtriebe und Ziele, Herr Doktor,
sind mir gänzlich unbekannt, bin b e t r o f f e n,
daß ein so enger Freund meiner Tochter
nicht einmal als A r z t tragbar ist.

KLAUS: Betroffen war auch ich – weil ich durchaus
nach Ansicht meines Krankenhaus-Direktors
tragbar bin als Arzt.

HEILMAYER, *lachend, ekelhaft*:
Als Arzt, jaja – als A r z t ! Doch was weiß
Ihr Professor von Ihnen als homo politicus?

KLAUS, *anders, hochamüsiert – und hochexplosiv*:
Doch als A r z t bin ich geschaßt – nicht:
als homo politicus!
Ich würde ja nichts dagegen einwenden, würde mir
der Staat politische Tätigkeiten verbieten,
wie ich sie einst praktiziert habe; und wie tatsächlich
das Esslinger Gericht sie mir damals verbot.

TINA *versucht sich einzuschalten, weil das Gereiztsein zwischen den beiden sie beunruhigt*:

Vati, er meint die Bildzeitung-Demonstration.

HEILMAYER, *eisig*:

Ich nenne anders, was Klaus da mitgemacht hat:
er demonstrierte gegen die Presse-Freiheit!
Er legte es darauf an, Zeitungen zu unterdrücken,
die zu kaufen kein Bürger gezwungen ist . . .

TINA: Doch gezwungen: weil es in vielen Regionen
andere Zeitungen gar nicht mehr gibt.

DIETER: Und immerhin wurde Klaus freigesprochen.

KLAUS: Ein Freispruch, der mir nur vor Gericht
– nicht aber am Arbeitsplatz geholfen hat!

HEILMAYER: Ich kenne die Akte nicht – bin aber
überzeugt, die Esslinger Affäre allein . . .
Setzen Sie sich doch, Herr Schultz . . .
Also, ich wage darauf hinzuweisen, daß Ihnen
dieser Staat keineswegs das Recht abspricht,
Arzt zu sein, sondern lediglich abspricht
das Recht, Arzt in einem nicht-privaten
Krankenhaus zu sein!

KLAUS: Wie viele private gibt es noch?

HEILMAYER: Meine Frau ist augenblicklich in einem.

DIETER: Was finanziell der Gattin eines Ministers
ohne weiteres möglich ist, aber . . .

HEILMAYER: Demagogie, Herr Doktor:
die Krankenkasse zahlt einen erheblichen Anteil.

TINA: Die Frau eines Arbeiters käme nur als Putzfrau
auf Bühlerhöhe –

HEILMAYER: Willst du behaupten, Frau Stoßmüller –
Zu Schultz: Stoßmüller ist mein Fahrer – würde
im Krankenhaus anders behandelt als Mutti?

TINA: Nicht in einem öffentlichen.
Du wolltest aber Klaus den Hinauswurf versüßen,
als du sagtest, in einem p r i v a t e n könne er tätig sein –
Am Telefonhörer:

Hier, die Nummer: besorg ihm den Job,
wo du durch Mutti jeden Professor kennst!

HEILMAYER, *süffisant – und mit der hochtrabenden Borniertheit dessen, der sich sicher wähnt*:
Termine, ein Ultimatum?
Vielleicht kann man morgen auch noch anrufen!
Während Heilmayer, die Lider halb zu vor Verblendung, das keineswegs wahrnimmt, ist mit Klaus eine sichtbare Veränderung vorgegangen, gleichsam einen inneren Ruck hat er sich gegeben – und daß er jetzt dem vor einigen Minuten wortlos von Herrn Hämmerling hereingereichten Köfferchen eine Cellophanhülle mit Papieren entnimmt, das ist nur der äußerlich sichtbare Reflex dieser inneren Wandlung.
Heilmayer wendet sich ganz ahnungslos Klaus zu und sagt wie ein sehr jovialer Staatsanwalt:
Noch bin ich ja nicht lückenfrei informiert,
was eventuell alles auf mich zukommt,
wenn ich – ungern genug, ehrlich gesagt –
unter Umgehung des Dienstweges eintrete
für eine Beschleunigung Ihres Verfahrens.

TINA: Niederschlagen solltest du sein Verfahren,
nicht beschleunigen, denn Klaus
ist zu unserer Enttäuschung
gar nicht gewillt, zu kämpfen –
er will verdienen,
als Student ging's ihm ja lange genug dreckig ...

HEILMAYER, *lacht, aber wie ein Schakal bellt*:
Für Flugblätter gegen unseren Staat, immerhin,
hat sein Geld doch gereicht, nicht wahr ...

KLAUS, *bedrohlich, unter der Maske, amüsiert zu sein, dann mit wachsendem Zorn*:
Gegen diesen Staat, Herr Minister, agitierte
ich nie – sondern als sein dankbarer Bürger
– dankbar, weil sein Stipendiat

– hielt ich mich verpflichtet,
seine Entartungs-Erscheinungen zu bekämpfen.
Ich tat's sogar auf eigene Kosten,
es tut das nicht jeder!
Die ihm das Grundgesetz schrieben, haben
gewiß ohne Zynismus, sondern besten Willens
irrtümlich die undemokratische Fünfprozentklausel
eingebaut, die dort – wo auch noch ein Referendum
nach Muster der Schweiz fehlt –,
jede Willensbekundung von der Basis her
unmöglich macht; den herrschenden Parteien
kann es nicht ernst sein mit ihrem Geschrei:
«Mehr Demokratie wagen»,
solange sie nicht für nötig halten,
diese Fünfprozentklausel zu streichen, die
jene drei Parteien, die schon drin sind im Bundestag,
unter Denkmalschutz stellt ... ich gebe heute zu,
daß meine privaten Aktionen instinktlos waren,
weil der Bürger keine Sympathie denen zuträgt,
die – wie das heißt – «auf die Straße gehen».
Er tut das nirgendwo, nicht nur in Deutschland nicht.
Doch halte ich heute noch für rechtens,
wenn teilweise auch für ungesetzlich,
was ich getan habe ... ich handelte
immer uneigennützig,
denn ich konnte bei meinen Aktionen
niemals auch nur die Pfründe
eines Abgeordneten erwerben,
sondern brachte mich vielmehr um die Chance,
je einer zu werden der neunzehnhundert
Pfründenjäger, die unsre BRD
allein in Land- und Bundestag durchfüttert,
gar nicht mitgezählt die in den Kommunen!
HEILMAYER: «Pfründenjäger» –

wie können Sie mich dann benutzen,
Ihnen zu Ihrer Pfründe zu verhelfen!

KLAUS: Keineswegs nenne ich jeden Politiker
Pfründenjäger, Herr Minister,
doch spreche ich aus der Situation eines Geschaßten,
der es – leider – nötig hat,
die Lauterkeit seiner Motive zu beweisen.
Und da schien mir der Hinweis auf die Tatsache,
daß meinesgleichen, also die parteilosen Politischen,
nur drauflegen bei ihrer Arbeit,
im Gegensatz zu den Parteilichen,
immerhin geboten ... auch will ich nicht
von Ihnen eine Pfründe erbitten,
sondern nur das Zeugnis,
daß meine zurückliegenden politischen Aktivitäten
meiner Tätigkeit als Arzt keinen Abbruch tun ...

HEILMAYER, *ungeduldiger, doch noch nicht völlig ablehnend*:
Lieber Schultz: Verzeihung, ich finde verächtlich,
wenn jemand beim Staat eine Pfründe sucht,
der so verächtlich redet über den Staat.
Ist Loyalität gegenüber dem Brotherrn
– wie umgekehrt die des Brotherrn
zum Brotempfänger –
nicht einfach das erste Gebot des Anstands?

KLAUS: Der Brotherr hat die Loyalität
mit Füßen getreten, als er einen Arzt hinauswarf,
dessen politische Arbeit,
abgesehen davon, daß sie Jahre zurückliegt,
nicht das geringste zu tun hatte
mit ärztlicher Tätigkeit.

HEILMAYER: Ich wiederhole: unser Staat
hindert Sie keineswegs, Arzt zu sein
– er will nur nicht, daß sie es in seinem Spital sind.
Keiner unserer Mitbürger wird an

der Berufsausübung gehindert,
nur einige Promille der Bewerber scheiden aus
für den staatlichen Dienst.

TINA: Vati, so ungern man als Tochter das sagt:
Du sprichst nicht die Wahrheit!
Erstens gibt es Briefträger,
die hinausgeworfen wurden und keinen Ersatz fänden
in Privatbetrieben,
weil Post und Bahn staatlich sind; zweitens . . .

KLAUS *fällt ihr ins Wort, lächelnd und auf die Balkontür weisend*:
Zweitens will Herr Rutenfranz wieder eintreten.

TINA, *die dort steht und die Balkontür aufmacht*:
Nein, wieder austreten –
Zweitens, Vati, waren diese Beamten keine Bewerber,
sondern wurden hinausgeworfen,
obwohl sie sich schon viele Jahre in ihren Berufen
bewährt hatten.

Buchstäblich auf den Zehenspitzen vor Demut und mit gebeugtem Nacken ist Wachtmeister Rutenfranz zum Klo geschlichen . . . Tina hat hinter ihm die Tür zum Dach zugemacht.

KLAUS: Bewährt, beruflich, wie dieser
vielzitierte Lokomotiv-Führer,
über dessen Hinauswurf das zivilisierte Europa
vor Schadenfreude glüht, weil es in dieser . . .
bösartigen Albernheit des Straßenministers Gscheidle
den Geist Nazi-Deutschlands wiederentdeckt:
Herr Minister, warum decken auch Sie
das mit Ihrem Namen?

HEILMAYER: Weil ich der Überzeugung bleibe,
daß kein Staat jene ernähren soll,
die gegen ihn Umsturzpolitik machen:
wer einer Partei beitritt, deren erklärtes Ziel
die Errichtung der Diktatur ist

– soll das auch bei uns in voller Freiheit tun dürfen,
nur soll er nicht Beamter dieses Staates bleiben,
der gradezu lebt aus der Abwehr jeder Diktatur.

TINA: Klingt überzeugend – nur: «in voller Freiheit»:
du verschweigst, daß eure erste Maßnahme ist,
denen zwar nicht die Freiheit wegzunehmen,
aber den Brotkorb;
wie frei ist denn einer, der nichts zu fressen hat?
Und verschweigst weiter,
daß euer schändlicher Erlaß . . .

HEILMAYER, *vergnügt*:
Unserer? Nicht die CDU hat den gemacht,
sondern die ach so geschätzte SPD!

DIETER, *verächtlich*:
Wer schätzt schon die SPD!

TINA: . . . Du hast noch verschwiegen, wollte ich sagen,
daß dieser Lok-Führer verfolgt wird für Taten,
die gar nicht strafbar waren,
als er sie beging: oder war vor Jahren,
als der Mann seiner KP beitrat, das schon verboten?

HEILMAYER, *geschickt, weil er das überhören will*:
Ihr zwei schadet eurem Freund,
wenn Ihr seine politischen Jugend-Eseleien
– in einem Atem nennt mit KP-Mitgliedschaft!

KLAUS: Jugendeselei, Herr Minister:
warum sagen Sie das nicht jenen,
die mich hinausgeworfen haben als Arzt?

HEILMAYER, *huldvoll*:
Lassen Sie mich Ihre Akten lesen,
vielleicht sage ich's dann!
Er griff zu der Cellophanhülle, mit der Klaus hantiert, wenn er spricht, doch Klaus tut, als übersähe er das.

KLAUS, *solidarisch mit Unbekannten*:
Andere, die nicht wie ich selber,

zu Ihnen sprechen können,
dank persönlicher Beziehungen,
werden durch Ihr Zugeständnis, Herr Minister,
es handle sich um Jugendeseleien:
nicht davor bewahrt,
als Arzt oder Lehrer entlassen zu werden!

HEILMAYER: Ich habe sie nicht entlassen.

TINA: Du repräsentierst den Staat, der das tut.

HEILMAYER: Er tut nicht nur das, dieser Staat.

TINA: Jeder muß sich's gefallen lassen,
gemessen zu werden
an seiner Negativ-Bilanz.

HEILMAYER: Wirklich? – Vorsicht: dann darf auch Klaus
sich nicht beklagen, daß man ihn mißt
an seinen studentischen Umtrieben!

KLAUS: Mich als Politiker daran zu messen,
obgleich ich keiner mehr bin: ist absolut rechtens.
Mich als Arzt daran zu messen, wäre aber ...

HEILMAYER: Als Arzt, der im Staatsdienst
arbeiten will, begreifen Sie endlich!
Nicht in bezug auf Ihre medizinischen Kenntnisse!

Das Maß ist übergelaufen. Man mußte Klaus gut kennen, ihm anzusehen, daß er dem Moment ganz nahe gekommen war, schon mehrfach, zuzuschlagen mit der Wahrheit. Daß er immer wieder diesen Augenblick versäumt hatte, auch bewußt übergangen; eigentlich zeigte das nur die Cellophanhülle mit Papieren aus seinem Köfferchen, die er in einer Hand hielt, manchmal seine Gesten damit unterstreichend, während er ebenso mühsam wie die Wahrheit über den Minister seinen Dialekt untenhielt – nicht ganz ihn untenzuhalten vermochte. Welchem Druck von innen er standhielt, nicht früher zu explodieren, merkte nicht einmal Tina. Seine Liebe zu ihr, diese Rücksichtnahme allein, nicht etwa politische Befürchtungen, ließen ihn noch immer zögern, dem Verbrecher zu sagen, was er von ihm weiß . . . Jetzt greift er aphoristisch zuspitzend und knapp Heilmayers Formulierungen auf wie ein geschickter Ringer, der mit bloßen Händen zu kämpfen vorhatte, aber plötzlich ein Messer in der Hand des Gegners sieht – und es ihm entreißt, um damit zuzustechen auf den, der es gegen die Regel gezückt hat.

KLAUS: Reden wir Tacheles, ich ekle mich schon lange
vor meinem Bittsteller-Vokabular!
Jugendeselei nennen Sie selber meine politische
Vergangenheit.
Da Sie dennoch dem Staat das Recht geben,
Herr Heilmayer,
mir auf Grund dieser verjährten Eseleien zu verbieten,
fernerhin Magen- und Darmkranke zu rektoskopieren
– so will ich wenigstens meine Würde
soweit bewahren
jetzt Schluß zu machen damit,
selber das Rektoskop zu sein,
zu dem ich wurde, als ich vor einer Stunde anfing,
Ihnen in den Arsch zu kriechen!

HEILMAYER, *doch mehr geschockt jetzt als noch amüsiert; Dieter ist vor Entsetzen aufgestanden, Tina, ahnungslos, warum, verspürt sichtlich Angst*:
Ich verstehe nicht, wie . . .

KLAUS, *grob, laut*: Sie werden – Sie werden verstehen,
ihr beiden werdet verstehen!

HEILMAYER *will die Initiative sich nicht nehmen lassen, greift, um zu beschwichtigen, zu der von Klaus während seines Argumentierens immer heftiger zur Unterstreichung seiner Worte hingestreckten Aktenhülle*:
Sind das Ihre Personal- und Untersuchungsakten?

KLAUS, *gibt sie ihm noch nicht, ja – zieht sie rüde zurück, nachdem schon Heilmayer sie ergriff*:
Nein, das sind Ihre, einige Ihrer Gerichtsakten,

die Ihrer Generation, deren Repräsentant
Sie heute ebenso sind wie unter Hitler,
absolut das Recht nehmen,
meine Generation politisch zu richten.

Wenn, jetzt – umgekehrt, aus Rache – Klaus damit beginnt, die Generation Heilmayers zu richten, so darf das nicht zu dem Trugschluß führen, sie sei in corpore «gläubig» oder auch nur opportunistisch der Seuche der Hitleritis erlegen gewesen. Zum Beispiel schrieb dem Autor ein Jahrgänger dieses Heilmayers, Rechtsanwalt Dr. jur. Ferdinand Sieger aus Stuttgart – und wir zitieren das, um uns und Leser davor zu schützen, Kollektiv-Urteile gegen eine ganze Generation zu fällen, wie wir uns denn hier ja überhaupt bemüht haben, nur solche Urteile der Heilmayers heranzuziehen, aus denen hervorgeht, daß über die gleichen «Delikte», die Verbrecher wie Heilmayer zu Todesurteilen veranlaßten, damals anständige deutsche Richter menschlich und rettend richteten; Sieger schrieb dem Autor im Juni 1979: «Ich gehöre dem Jahr 1912 an. Ging im Sommer 1930 in das erste juristische Semester an die Universität München. Bestand zu Anfang des Jahres 1933 das Referendar-, also das erste juristische Staatsexamen, 1936 das zweite, den Assessor, promovierte dazwischen. Ich kenne aus der Generation etwa der Jahrgänge 1908 bis 1918 keinen Primaner oder Studenten, der nicht Adolf Hitlers ‹Mein Kampf›, Alfred Rosenberg und den Wagner-Schwiegersohn Chamberlain sehr sorgfältig gelesen hätte. Ich kenne aus der Zeit zwischen 1930 und 1934 an den Universitäten München, Köln, Königsberg keinen Studenten, der nicht die NS-, SA- oder SS-Befangenheit des größten Teils der Studenten, vornehmlich der korporierten Studenten aller Farben und Konfessionen festzustellen Gelegenheit gehabt hätte. Ich kenne aus diesen Jahrgängen keinen Primaner oder Studenten, dem nicht schon vor 1933 der rigorose Antisemitismus und die darüberhinaus gehende Menschen- oder Humanitäts-Verachtung des NS und spätestens ab 1934 die Verschikkung von Juden in ein ungewisses oder sogar in ein gewisses Schicksal bekannt gewesen wäre. Es ist aber einfach nicht wahr, daß in dieser Zeit zur Zulassung zum Studium, zur Zulassung zu einem ersten oder zweiten Staatsexamen oder zur Promotion Mitgliedschaft in der Partei oder einer ihrer Gliederungen wie SA oder SS notwendig oder unvermeidbar gewesen wäre. Der Verzicht darauf kostete mich und gleichgesinnte Freunde nicht mehr als den Verzicht auf die Übernahme in den Staatsdienst. Dieser Verzicht aber fiel bei einiger Schläue und Geschicklichkeit, wie ich sie in späteren Spitzenpolitikern auch schon für die Jugendzeit angelegt erwarte, gar nicht so besonders schwer. Einmal wußte man auch schon 1933, welche zukünftige Verstrickung man mit der Übernahme in den Staats- oder gar Parteiorganisations-Dienst zu erwarten hatte. Zum anderen war damals der Drang nach sozialer Absicherung einer späteren Zukunft in uns weit geringer, die Chance, ohne Organisationszugehörigkeit in der freien Wirtschaft etwa als junger examinierter und promovierter Jurist unterzukommen, für damalige Verhältnisse durchaus ausreichend. Noch einmal: Ich spreche hier nicht von der vorausgegangenen Generation, nicht also von den Familienvätern im Staatsdienst, die Erworbenes oder Erreichtes zu verlieren fürchteten, ebenso wenig von den Abiturienten etwa der Jahres 1936 bis 1939 oder später. Darum sind mir alle Kiesingers, Filbingers, Carstens', leider aber auch alle Scheels, ein Ärgernis. Ein Ärgernis deswegen, weil ihre Exkulpation mit einem angeblich damals bestehenden Zwang für mich nach meinen eigenen vergleichbaren Erfahrungen keine ist, weil ich an ihrem Glaubwürdigkeits-Defizit leide. Und dieses Defizit schließt für mich ihre Eignung zur Representanz der Bundesrepublik, erst recht ihre Eignung zu wünschenswertem politischem Einfluß auf das Geschehen der Bundesrepublik aus.»

HEILMAYER, *der mit wachsender Nervosität jetzt immer öfter seinem harmlosen, aber aufschlußreichen Tick nachkommt, aus der Hosen- und aus der Rocktasche seine blütenweißen großen Taschentücher hervorzuholen, sie auseinanderzufalten, um sie fast unbenutzt dann wieder mit höchster und zweckloser Akkuratesse zusammenzulegen und einzustecken, fällt jetzt Klaus so rasch, so ängstlich ins Wort, als könne er mit diesem Redefluß noch zurückdämmen, was sein endlich als Gegner erkannter Besucher mit vergröberndem Bayerisch vorbringt*:
Sie fangen an, mich zu amüsieren . . .
KLAUS: Das glauben Sie selber nicht,
daß Sie amüsiert . . .
HEILMAYER: «Repräsentant der Hitlerzeit» –: i c h,
der ich nicht einmal Anwärter war
auf die Mitgliedschaft in Hitlers Partei, sondern
als Funktionär des katholischen Studentenbundes . . .
KLAUS: Wenn Sie kein Nazi waren – ist es schlimmer,
daß Sie zum Fallbeil wurden der Hitler-Justiz!
Mitglied seiner Partei zu werden –
war ja für Ihresgleichen
fast unmöglich, denn als Hitler zur Macht kam,
konnten Sie wie alle Welt nicht wissen,
daß er sich halten werde;
und als Sie's begriffen hatten, drei Jahre später:
da hatte seine Partei wegen Zulaufs Einstellungsstopp!
Und dann kam der Krieg und kaum e i n e r
in der Armee konnte noch hinein in die Partei

– was ja auch keineswegs nötig war,
um Hitler zu dienen.
Seine Partei konnte Europa nur massakrieren
dank der Armee.

TINA: Bitte schön, Herr Rutenfranz –

Denn der stand in solcher Demut vor der Klotür, daß Tina ihn erst ermutigen mußte, wieder den Weg durch die Sprechenden zur Dachtür anzutreten. Er beugt den Nacken und tappt eilig vorüber; diesmal hat Klaus, der da stand, die Tür geöffnet.

KLAUS: Kein Nazi konnte die Juden von Narvik bis
Rhodos einfangen, zur Verbrennung in Auschwitz
– sondern das hat ermöglicht
die ach so ehrenhafte alte deutsche Armee!
Sie wissen das.

HEILMAYER, *in Angst*: Was hat das mit mir zu tun!
Ich habe als Militär-Richter keinen
zum Fallbeil verurteilt.

KLAUS: Als Militär-Richter nicht, so!
Kann sein, kann sein auch nicht –
lange waren Sie ja nicht Militär-Richter.
Ihr CDU-Freund Schlegelberger, seit Jahren
amtierender Minister droben in Schleswig-Holstein,
hat jedenfalls als Marine-Richter
einen neunzehnjährigen Fahnenflüchtling
enthauptet!

Der Neunzehnjährige hieß Horst Henze, sein Todesurteil liegt im Koblenzer Bundesarchiv, Signatur RM 22 – G 47 802.

Schlegelberger, damals 31 Jahre alt, Sohn des namhaften Kriegsverbrechers, schrieb am 12. Juni 1944 dem «Vorstand des Zuchthauses Brandenburg-Görden: Am 19. Juni um 13.00 Uhr wird in der dortigen Anstalt das Todesurteil gegen den Matrosen IV Horst Henze, geboren am 22. 8. 1924 in Berlin, Religion gottgläubig, mit Fallbeil vollstreckt. Der Scharfrichter Röttger aus Berlin ist mit der Hinrichtung beauftragt worden. Die Bekanntgabe an den Verurteilten erfolgt dort am gleichen Tage um 11 Uhr. Mit der Leitung der Vollstreckung ist der Mar. Stabsrichter Dr. Schlegelberger unter Zuziehung des Urkundsbeamten Marinejustizinspektor Nothelfer beauftragt ...»

KLAUS: Immerhin: auch durch Sie, Heilmayer,
Fallbeil für Abtreibung, Fallbeil,
weil eine Neunzehnjährige den Säugling der Familie,
bei der sie Dienstmädchen war und die vergast wurde,
versteckt hat, um ihn zu retten vor der Vergasung ...

TINA – *dann schlägt sie sich die Hände vors Gesicht*:
Klaus!

KLAUS, *kaputt vor Kummer, das «vorzeigen» zu müssen, kann vor Resignation fast nicht mehr sprechen*:
Mag's net noch einmal lesen, dies alles – da ... und
da ... und da!

Er hat, wie er «da» sagte, die aus der Cellophanhülle herausgerissenen Fotokopien verteilt, zuerst einige Blätter an Tina, dann an Dieter, dann an Heilmayer, der sich zwar auch die Papiere in die Hand drücken – sie dann aber im Gegensatz zu Tochter und Schwiegersohn, da er ja weiß, was für eine Scheiße sie sind, angeekelt auf den Teppich fallen ließ, die Nase wie vor einem furchtbaren Gestank weggewendet.

Da Schweigen ist, Tina nicht wagt, einen Blick auf die Papiere in ihrer Hand zu werfen, Dieter auf die Braut zugeht und sie in den Arm nimmt, als habe sie eben erfahren, ihr Vater sei gestorben; Heilmayer ein Taschentuch zieht und sich die Stirn wischt – so klingt jetzt unverfroren, ist aber keineswegs so gesagt, also ohne die Spur eines Triumphs:

Verzeih mir's, du Schöne – ich hatte gehofft,

ich brauchte nichts davon auszupacken.

Er greift Hut und Mantel, sein Köfferchen läßt er zurück. Er ist schon an der Tür, da faßt als einziger

DIETER *sich, er kann sagen*: Wo kann man dich anrufen?

KLAUS: Ach so: bei meiner Mutter – hier . . .

Er notiert eine Telefonnummer. Jetzt ist auch

HEILMAYER *redefähig*:

Eine Frage, Herr Dr. Schultz.

KLAUS, *da Heilmayer abwartet*: Bitte.

HEILMAYER: Was kosten Sie?
Jeder Erpresser hat doch seinen Preis!

KLAUS, *weder verwirrt noch amüsiert, sondern sachlich*:
Erpresser? – nein: ich handle nicht in Notwehr,
doch selbst wenn: was wäre ein Erpresser,
gemessen an Ihnen: einem Mörder,
der Ministerpräsident werden wird.
Ja, Bundespräsident, da er nicht einmal
in Hitlers Partei war!
Ich mußte das auspacken, weil Sie mich heut abend
pausenlos provoziert haben, aber keineswegs,
weil ich mit Ihnen ein Geschäft vorhab!
Das jetzt mehr zu Tina und Dieter gesagt:
Mein Besuch heit beim Doktorvadder
und ein einziges Telefonat von dem
hat Wunder gewirkt:
der fliegt in drei Wochen nach Wisconsin/USA,
hat 'nen Lehrauftrag drüben als Nierentransplateur,
und nimmt mich mit als Assistent . . . weg bin ich!

HEILMAYER, *empört, als sei hier kein anderer Grund, empört zu sein*:
Was wollen Sie dann von mir!

KLAUS: Nur so zum Spaß . . . es amüsiert mich,
einen wie Sie dran zu erinnern,
wenn er schon radikale Studenten terrorisiert,

daß e r an radikaler Mörder war!

Schweigen, Zögern – plötzlich schießt Klaus auf Heilmayer zu, als wolle er ihn in die Fresse hauen, und tatsächlich weicht der Minister einen Meter zurück. Dicht vor ihm sagt Klaus, und jetzt ist Hohn und Verachtung in seiner Stimme, in seinem Blick:

Brauchen tu ich Sie keineswegs mehr – i will's nur,
ordnungshalber, da doch Sie
so viel auf Ordnung halten:
ich will ungekündigt nach den USA verschwinden!
Ich behalte also meine Stellung,
indem Sie meine Akten unterschlagen
– Sie behalten dafür Ihre Fähigkeit,
als Landesvater zu kandidieren,
denn wissen S', ein Staat mit Repräsentanten wie Sie,
der kotzt mich derart an, daß ich's ihm gönne,
von Ihresgleichen belandesvatert zu werden.
Weil's ja mich gar nichts mehr angeht:
ich guck ja, wenn ich guck,
dem nur noch übern Ozean zu.
N'abend.

Er hat den Hut schon auf, zieht den Mantel an, da sagt

HEILMAYER: Christiane, frag Herrn Dr. Schultz,
ob er bei eurer Freundschaft – denn bei seiner Ehre
kann man ihn ja nicht packen,
wo sollte man da hinfassen!
– ob er bei eurer Freundschaft diesen Kuhhandel
ehrlich meint.

TINA: Klaus? Ich –

KLAUS, *rasch*:
Deinetwegen, Tina – bleibt's dabei.
Du weißt, daß ich halte, was ich dir
– nicht etwa: was ich dem da – versprochen habe.

TINA, *ist auf ihn zugegangen, berührt ihn am Arm, sie ist so*

fertig, daß sie fast unfähig ist zu sprechen:
Warum hast du mir nie – davon gesprochen?
KLAUS: Weil ich dich liebe – wie Dieter weiß. Und weil, was jeder weiß, außer dem Verfassungs-Schutz, Politik mich seit Jahren nicht mehr interessiert.
Er lacht, sagt schnell: Doch nun gehe ich.
Inzwischen hat der Mörder sich soweit gefangen, rufen zu können –
HEILMAYER: Ihre Zusage an meine Tochter: die Ostzone, wo Sie Ihren Dreck her haben, wird sich ja doch nicht daran halten!
KLAUS: Erstens ist das nicht mein Dreck, sondern Ihrer – ein Teil Ihres Drecks.
Zweitens würde mir wieder einmal Angst um die BRD, interessierte die mich noch – wenn ich höre, daß ein Exponent der CDU so wirklichkeitsfremd ist, zu vermuten, die DDR habe Sprengstoff von dieser Brisanz – würde aber dreißig Jahre dieses Dynamit nicht benutzen, sondern nur darauf hoffen, daß irgendwann – irgendwer es auffindet und hochgehen läßt, wie jetzt ausgerechnet ein Arzt, den zwar Ihr Radikalen-Erlaß arbeitslos machte, der es aber dann ... ja, es bleibt dabei: doch nicht hochgehen läßt!
TINA, *leise:*
Woher hast du ... Verzeihung, du schuldest uns keine Auskunft.
KLAUS, *höchst amüsiert:*
Oh, warum nicht, das ist ja sehr lustig ... aber wenn du nicht erst den armen Rutenfranz wieder einläßt, muß ich für ihn ... das steckt ja an, bekanntlich!
Tina hat sich rasch um- und der Dachtür zugewendet; unfähig

zu sprechen vor Drang, in Demut nur nickend, ist Rutenfranz hineingeschnellt und klowärts ab . . . Klaus fährt fort, und Heilmayer schämt sich nicht, ihm alsbald einen Wink zu geben, er möge l e i s e r sprechen, unter Hinweis auf die Aborttür:
Das ist sehr l u s t i g, denn dein alter Herr selber, Tina, hat mir seinen Dreck besorgt . . .
Ironisch: Herr Minister erinnern,
als weiland Innenminister
dieses Ländchens mit einem Fanatismus,
als dienten Sie noch Ihrem Führer, die Errichtung
einer Datenbank in Presse, Parlament und Praxis
durchgesetzt zu haben:
jeder Lidschlag jedes Bürgers sei zu speichern,
auch alle Personalakten noch, soweit nicht verbrannt,
aus Hitler-Deutschland.
Nun ist, wie Herr Minister wissen,
zwar Ihre eigene Personal-Akte aus dem Kriege,
wie man das nennt, «amtlich eingefordert»,
das heißt: von Herrn Minister unterschlagen
worden . . .

HEILMAYER, *matt*: Das verbitte ich mir, Herr Doktor.

KLAUS: Soso, Sie verbitten sich das – aber Ihr
von Ihnen eingesetzter Computer
weiß nun auch von I h n e n, herzliches Beileid,
schon mehr als der liebe Gott
– beinahe so viel, als hätten Sie Ihre Personalakte
gar nicht verbrannt!
Und da stieß eine Freundin,
die wegen eines Rentenantrags ihrer Mutter
Daten ihres verschollenen Vaters suchte,
auf ein Kriegsgerichts-Urteil:
erschossen für Großdeutschland
wegen Beschädigung eines Führerbildes durch eine
im Suff draufgeschmissene Bierflasche . . .

erinnern, Herr Minister,
sich des von Ihnen deshalb hingerichteten Gefreiten?
Oh, er wurde ganz human getötet, lediglich
erschossen, denn da an der Front,
in Rußland, hatten ja Herr Doktor
– anders als in Berlin Ihr Kollege Schlegelberger
für den Soldaten eine Guillotine nicht zur Hand . . .
Schweigen, dann Blick-Austausch zwischen Tochter und Vater; der Vater hält dem Blick nicht stand, er muß auch seine Hände zwecklos durch Zusammenfalten des Taschentuchs beschäftigen. Dann fügt, als sei nun alles «in schönster Ordnung», Klaus hinzu:
Die Rente wurde zwar voriges Jahr abgelehnt
– Hauptsache, der Präsident des Bayerischen
Landtags kriegt im Monat 23000 Mark –,
denn dank Minister Heilmayers Computer
war nun der Witwe nachzuweisen,
ihr Mann und der Vater ihrer drei Kinder
sei keineswegs gefallen für Großdeutschland
auf dem Felde der Ehre – sondern ehrlos gestorben,
nach ordentlicher Aberkennung der bürgerlichen
Ehrenrechte auf Lebenszeit,
erschossen wegen Beschädigung eines Hitlerbildes . . .
Nur hat eben, Herr Minister, Ihr Computer auch noch
gewußt, daß es Kriegsgerichtsrat Heilmayer war,
der diesen – zweimal verwundet gewesenen –
Gefreiten umbrachte!

Jüngeren Lesern, die das anzweifeln könnten, weil sie es unglaublich finden, muß belegt werden, daß tatsächlich noch viele Jahre nach dem Krieg zum Beispiel in Celle als Senatspräsident ein ehemaliger Oberfeldrichter amtierte – seinen Namen lassen wir weg, damit seine unschuldigen Nachkommen sich seiner nicht schämen müssen –, der «1943 zwei Angehörige der deutschen Wehrmacht zum Tode verurteilte, weil sie in alkoholgefördertem Übermut ein Führerbild mit leeren Flaschen beworfen und zerstört hatten» – wie der «Spiegel» am 16. Dezember 1968 berichtete. Dieser Gefreite Joachim Hertslet und der Unteroffizier Anton Hamm von der Artillerie-Ersatz-Abteilung (mot.) 75 in Eberswalde wurden dann deshalb nicht hingerichtet, weil zwischen dem Todesurteil, das am 30. Oktober 1943 über sie gefällt worden war – und dem 14. April 1944, als das Feldkriegsgericht der Wehrmachtskommandantur Berlin erneut gegen sie verhandelte, ihre Prozeßunterlagen durch eine alliierte Fliegerbombe vernichtet worden waren! Und weil in diesem zweiten, durch den Verlust der Akten ausgelösten Prozeß Hertslet und Hamm vor den anständigen Kriegsgerichtsrat Klein – heute Anwalt in Darmstadt – gerieten, der sie vor dem Henker oder den Erschießern rettete, indem er sie wegen «Volltrunkenheit» nur zu einem Jahr Gefängnis verurteilte: was wiederum beweist, daß auch unter Hitler Richter selbst die Wahl hatten, Menschen zu bleiben oder Bestien zu werden ... Der Senatspräsident, der diese zwei deutschen Soldaten umbringen wollte, erhält heute viele tausend Mark Pension im Monat, unendlich viel mehr als je die Witwe eines hingerichteten Soldaten erhielt ... Einer dieser Soldaten, der möglicherweise den Krieg nur überlebt hat, weil ihn Kameraden wegen Beschädigung des Hitlerbildes denunziert und Militärrichter dann eingelocht hatten, der Außenhandelskaufmann Hertslet aus Vallendar bei Koblenz, erstattete am 1. Dezember 1957 zwei Strafanzeigen: einmal gegen alle Strafverfolgungsbehörden, die im Krieg «Personen dem Henker ausgeliefert haben»; zweitens gegen jenen Celler Senatspräsidenten, der ihn und Hamm hatte umbringen wollen – so wie er auch den Rittmeister Dr. Werner Kleffel, der «im Unterstand die Leute mal aufgeklärt» hatte und deswegen (in Rußland) von zwei jungen Leutnants denunziert worden war, zum Tode verurteilt und sich sogar geweigert hatte, Kleffel den Abschiedsbrief seiner Frau nach der Verkündigung des Todesurteils auszuhändigen. Doch die Anzeige Hertslets führte zu gar nichts: der Celler amtierte noch jahrelang weiter – kurioserweise im selben Oberlandesgerichtsbezirk, in dem der ebenfalls durch zwei anständige Richter vor dem Henker gerettete Kleffel (ein Vetter Carl Goerdelers) als Hildesheimer Oberstaatsanwalt tätig war. Der Ministerpräsident von Hannover, SPD-Genosse Kopf, antwortete, angesprochen auf die Wirkungslosigkeit der Anzeige Hertslets, er werde den Dingen ihren Lauf lassen: Kopf war Couleur-Bruder des angezeigten Celler Soldatentöters ...

Schon während der letzten Sätze von Klaus hat sich Heilmayer aus dem Kreis der Sprechenden entfernt: pathetisch, doch berechtigterweise hat er seine Linke aufs Herz gelegt, da er bei Aufregungen oder auch nur ungünstigen Nachrichten unter Anfällen von Angina pectoris leidet – früher fielen ihn harmlosere neurovegetative Störungen immer nur an, wenn sein Ehrgeiz einen Dämpfer erhalten hatte. Jetzt hat er eine Beklemmung, Beengung, Verkrampfung, die Angst auslöst, was wiederum die Schmerzen steigert und das Bedürfnis, Luft zu schaffen, so daß auch die Angst noch wächst. Er reißt ein Fenster auf und atmet hörbar, weil er zu ersticken fürchtet. Er öffnet den Kragen seines Frackhemdes, was möglich nur ist, nachdem er seinen Halsorden löste und ablegte ... das geschieht ungefähr in dem Moment, in dem Klaus diesen höchsten Orden der Republik erwähnt.

Denn Klaus hat sich ostentativ weggewendet von dem bisher

direkt Angeredeten, er spricht nur noch, um vor Dieter, besonders aber vor Tina zu begründen – ohne das direkt auszusprechen –, daß die Verbrechen Heilmayers zu furchtbar waren, um, bei aller Neigung, seiner Tochter zeitlebens ersparen zu können, von ihnen zu erfahren.

KLAUS, *der gar nicht unterbrochen hat, sogar schneller sprach, je mehr er sich, endlich den Türgriff schon in der Hand, bemühte, «hier rauszukommen», fügt noch an, doch nur mehr zu seinen Freunden gesprochen, so daß sie alle drei nicht wahrnehmen, was mit Heilmayer ist, der sich zuletzt in großer Angst noch den Frack auszieht und aufs Bett setzt:*

Damit hat dein Papa, du Schöne, der BRD
die Zahlung einer Rente an diese Witwe erspart,
so daß er wohlverdient heute
den höchsten Orden trägt!

Bei diesem letzten Satz ist Klaus fast in einen liturgischen Huldigungssong ausgebrochen. Nun erläutert er mit aufreizender Sachlichkeit:

Denn, weißt du, Tina, hätte dein Papi es den Russen
oder Briten oder Amerikanern überlassen,
diesen deutschen Soldaten zu töten:
d a n n müßte die BRD
Witwe und Kindern Rente zahlen.
So aber spart sie die, dank der Vorsorge
deines Vaters, so daß man folgern muß:
wer schon 1944 so vorbildlich für die BRD sorgte,
der sollte eines Tages
ihr Häuptling werden . . .
und nun verzeiht's mir, ihr zwei,
wenn ihr das könnt . . .
diesen Hausfriedensbruch . . . macht's gut, ihr beiden,
aber nicht zu oft!

Damit geht Klaus ab, öffnet die Speichertür – und schreckt zurück vor einem wütenden Gebell offenbar kalbhoher Hunde.

HÄMMERLING, *den man schon schreien hörte:*
Platz, do bleibscht – Nero!
– ist sichtbar geworden; man hört ihn sagen:
Bitte, Herr Doktor –
Er zieht von außen die Tür hinter Klaus zu, Dieter stand noch dort, doch
TINA *sagt zu ihrem Vater, dessen Unwohlsein sie bemerkt hat und zu dem sie schnell ans Bett lief:*
Dr. Weppelberger anrufen? – Dieter, schnell!
HEILMAYER: Keinesfalls, wird vorbeigehen, obwohl . . .
Doch wenn du mit Hämmerling heimführst:
auf meinem Nachttisch die roten Kapseln,
diese Nitroglyzerin und . . .
TINA, *schon im Abgehen, sehr rasch:*
Weiß ja, weiß. Dieter bleibt bei dir – laß doch bitte
Doktor Weppelberger kommen!
HEILMAYER, *ruft sie zurück:*
Tina! Sag Hämmerling nichts . . .
doch: Moros Tod hätte mich so sehr erschüttert.
Sie hat mit Vorsicht die Tür geöffnet, das Bellen wird sofort durch einen Schrei Hämmerlings abgestoppt: Nero!
und schon kann Tina entweichen. Am Bett zu Dieter, der erneut angewidert durch den perfekten Lügner dasteht, sagt Heilmayer:
Wenn Sie mir noch aus der Weste helfen, danke
– und dann die Tür zum Dach, frische Luft ist . . .
Er legt sich auf das Bett, Dieter will ihn zudecken, nachdem er die Tür zum Dach öffnete und die Gardine heftig in den Raum geweht wird.
DIETER, *da Heilmayer das stumm abweist:*
Soll ich Sie nicht zudecken, es ist draußen kalt!
Und Ihren Arzt nicht anrufen?
HEILMAYER: Gar nichts, danke – doch: das große Licht, bitte, das könnten Sie ausmachen.

Er zögert, als wisse er nicht, ob er diesem Feind das sagen soll; dann ist ihm in seiner Angst vor dem Herzinfarkt, Infarkte fangen ja oft so an, doch wichtig, ein bißchen zu sprechen, was langsam geht:
Ja, wenn Sie in meiner Nähe sind . . . danke,
aber ich hoffe, ein Arzt ist da nicht nötig.
Angina pectoris – schon einmal hatte ich
eine ganz ähnliche Schererei am Halse . . .
zehn Jahre her,
der Mann ist lange tot, der . . . der hat mich,
setzen Sie sich doch da in den Sessel, Dieter!

DIETER, *der an der gegenüberliegenden Wand ein kleines Lämpchen anmachte, das große Licht ausknipste, hat sich dann weit ab in einen Sessel mehr gelegt als gesetzt:*
Ich kann auch ganz abdunkeln, können Sie schlafen?

HEILMAYER: Nein, nein – so ist es sehr gut.
Nur bleiben Sie bitte, wenn –

DIETER, *beruhigend:* Natürlich bleib ich.
Ein Glas Wasser?

HEILMAYER: Nein, aber einen großen Cognac . . . sogar
der Arzt gibt zu, daß der mehr entkrampft als Pillen.
Das Ganze ist ja nichts weiter als – als
eine Gefäßverengung, Herzverkrampfung . . .
Er sprach langsam, Dieter brachte ihm das Wasserglas mit viel Cognac.
Danke, Dieter.
Er legt sich zurück, zum Sessel gehend, fragt –

DIETER: Besser?

HEILMAYER *in das fast dunkle Zimmer:*
Bißchen – nur ist da . . . ja, sag ich offen:
Angst . . . deshalb will man nicht schlafen!

DIETER: Sie hatten das schon früher?

HEILMAYER: So schlimm nur einmal. Und jetzt seh ich
. . . diesen Kerl wieder vor mir, einen Reichsbahner,

der verlangte, ich solle
... nun: eigentlich ein Erpresser,
wie dieser Klaus, ja: auch ein Erpresser!
Zehn Jahre tot, aber steht jetzt ... steht mir
vor Augen, als ... hab nie mehr an ihn gedacht,
doch jetzt ist er da!
Heilmayer, der noch, den Cognac schlürfend, auf einen Ellbogen gestützt, halb saß auf dem Bett, hat sich nun flachgelegt und die Hand über seinen Augen.
Wenn Sie bitte doch, Dieter, das Licht
ganz ausmachten – ja, danke!
Dieter ist zu seinem Sessel nicht zurückgegangen, ist unsichtbar geworden, nachdem er die Wandlampe ausmachte – doch Heilmayers Erinnerung hat nunmehr den Verstorbenen heraufgerufen, den er jetzt vor Augen hat, den wir mit ihm sehen ...

Einen eleganten Fünfundsechzigjährigen, einen der Spediteure, die als hohe und höchste Reichsbahnbeamte annähernd drei Millionen Juden per Schiene zu den Gaskammern verfrachtet haben.
Der wiederholte Versuch, den prominentesten dieser Durchführer des Führers vor Gericht zu stellen: Staatssekretär Ganzenmüller scheiterte kläglich, weil dem angeblich nicht nachzuweisen war, daß er gewußt haben müsse, die allein zwischen Sommer 42 und Frühjahr 43 mit seiner Hilfe nach Treblinka, Sobibor und Belzec deportierten sechshunderttausend Juden würden dort vergast. (Mehr als hundert wurden stehend in einem – wie mit Stückgut verplombten – Güterwaggon befördert: ohne Abort, ohne Wasser, ohne Essen; wer gestorben war – manche starben zu ihrem Glück unterwegs – konnte nicht umfallen.)
Im Februar 1945 wurden im Hof des Reichsverkehrsministeriums die Akten verbrannt, um sie nicht den heran-

rückenden Russen in die Hände fallenzulassen, doch besitzt das Gericht, das ihn aburteilen sollte, einen auf Privatbriefbogen geschriebenen Brief Ganzenmüllers an Himmlers Chefgehilfen SS-Obergruppenführer Karl Wolff vom 26. Juli 1942 mit der Nachricht, daß seit dem 22. Juli «täglich ein Zug mit je 5000 Juden von Warschau über Malkinia nach Treblinka, außerdem zweimal wöchentlich ein Zug mit 5000 Juden von Przemysl nach Belzec» fahre. Ganzenmüller, der nach dem Krieg via Schweiz nach Argentinien flüchtete, jedoch ab 1952 im Ruhrgebiet bei Hoesch sechzehn Jahre lang eine hohe Stellung begleitete, konnte DM 300000 Kaution stellen, um nicht in Untersuchungshaft zu sitzen. Verurteilt wurde er nie, obgleich – mit den Worten der «Frankfurter Allgemeinen Zeitung» vom 12. April 1973 – «viele Fragen ohne Antwort blieben: Warum wurden für den inkriminierten Briefwechsel nicht die Kopfbogen des Verkehrsministeriums, sondern Ganzenmüllers private Bogen benutzt? Warum trug der Brief den Stempel ‹Geheim› und wurde dennoch nicht – wie üblich – als Geheimschreiben registriert? ... Warum stellte sich Ganzenmüller nie die Frage, was denn die vielen Juden in dem ihm damals gewiß völlig unbekannten Dorfbahnhof im polnischen Treblinka am Bug sollten? Täglich 5000, in der Woche 35000, im ersten Monat schon 150000 Menschen? Der Angeklagte erkennt seinen handschriftlichen Namenszug unter diesem Geheimbrief an. Er bestreitet aber, ihn selbst diktiert zu haben. Ganzenmüller will den Text nicht einmal gelesen haben ...»
Die dort Vergasten wurden unter freiem Himmel – bei Nacht kilometerweit sichtbar – auf Rosten verbrannt, die aus Eisenbahnschienen zusammengestückt waren ... Erst Maidanek und Auschwitz verfügten später

über die riesigen Krematoriums-Anlagen, doch 1944 mußten auch in Auschwitz, da die Verbrennungsöfen für die ermordeten Ungarn nicht ausreichten, offene Scheiterhaufen zu Hilfe genommen werden. Gerhard Schoenberners Fotoband: «Der gelbe Stern» bildet einen ab. Um von der Zahl der Deportierten eine Vorstellung zu geben, hier einige Sätze aus dem Brief vom 31. Juli 1944, in dem Himmler sich bei Dresdens Gauleiter Mutschmann für dessen Glückwünsche zur Ernennung als Befehlshaber des Ersatzheeres, infolge des Attentats vom 20. Juli 1944, bedankte:

«Was die Judenfrage in Europa anlangt, so war das totale Abfahren der Juden aus Frankreich wegen der sehr mißlichen Verhältnisse mit dem dortigen Wehrmachtsbefehlshaber äußerst schwierig. Aus Ungarn haben wir bis jetzt 450000 Juden abgefahren und gehen jetzt an den Abtransport der zweiten Hälfte heran. Seien Sie versichert, daß ich gerade in diesem entscheidenden Augenblick des Krieges die notwendige Härte, so wie bisher, besitze.

Mit kameradschaftlichen Grüßen und Heil Hitler!

Ihr Heinrich Himmler»

Zwischen Heilmayer und diesem – seiner Urne «entstiegenen» – eleganten alten Mann, der noch vital wirkt, wenn auch höchst gehetzt, ja verängstigt, und so redet er denn auch ultimativ und von Furcht fortgerissen, entwickelt sich jetzt mit drängendem Gefälle ein Dialog, in dem die einzelnen Sätze zuweilen wie ein donnernder Steinschlag aufeinanderfolgen; der Tote sächselt (so ausgeprägt wie Ganzenmüller hart bayerisch redete); das Bühnenlicht, das ihn hereinholte, bleibt Geisterlicht, diffus ...

Heilmayer, nur in Hemd und Frackhose, ist bald aufgestanden, um mit seinen Gegen-«Argumenten» schlagkräftiger fechten zu können als das im Liegen möglich wäre.

Niemand soll vermuten, Heilmayer und sein Komplice hier aus «großer Zeit» seien willens oder auch nur fähig, sich aufschrecken zu lassen von jenen, die sie totmachten. Aufschrecken kann sie nur die durch die bundesdeutsche «Recht»-Sprechung schnell wieder zugedeckte Befürchtung, Massengräber hätten doch noch Folgen für ihre Karriere. Dennoch sollte der Dialog hier zwar nicht den Sprechenden, doch den Hörenden «sterbende Krieger» vor Augen zwingen und «die wilde Klage ihrer zerbrochenen Münder» ins Gehör – wie Trakl sie sah und vernahm:

«Im Schatten der herbstlichen Esche
Seufzen die Geister der Erschlagenen.»

HEILMAYER *vorläufig noch liegend; bald stützt er sich hoch.*
Vergiß nicht deine Immunität
als Landtagsabgeordneter, Anton
– und wer hat dich schließlich zum Vizepräsidenten
der hiesigen Bundesbahndirektion gemacht?
Verstehe deine Panik nicht:
Sie können dir nachweisen, daß du
Juden abgefahren hast . . . nicht aber,
ob du gewußt hast, daß sie vergast werden!

DER TOTE: Die Zahlen: wenn ich Züge bereitstellte
für einen Zielbahnhof, der ein Dorf war,
aber täglich fünftausend Juden bekam . . .

HEILMAYER: Treblinka?

DER TOTE: Treblinka.

HEILMAYER: Nun, du hast geglaubt, die müßten dort
schippen, nicht wahr, Befestigungen bauen
wie den Atlantik-, wie den Westwall!

DER TOTE: Auch die Kinder, die Greise?
HEILMAYER: Du hast angenommen, nicht wahr:
man wolle die Familien
nicht auseinanderreißen: das erhöhe die Arbeitskraft,
wenn man die Frauen nicht von ihren Männern,
die Kinder nicht von ihren Eltern trenne . . .
DER TOTE: Du übersiehst, daß durch Himmlers
idiotisches Tagebuch . . .
HEILMAYER: Haben die das aus der Ostzone?
DER TOTE: Nein, Himmlers Nachlaß liegt
in Washington – du übersiehst,
daß der sogar die Arbeitsessen notiert hat;
die Telefonate: die wissen,
daß mein Staatssekretär . . .
HEILMAYER, *in Wut*:
Warum, verdammt, blieb Ganzenmüller
nicht in Argentinien!
DER TOTE: Anfangs der fünfziger Jahre
hatte ihn das bayerische Innenministerium
als «nicht betroffen» entnazifiziert, obgleich
Ganzenmüller Blutordenträger war,
alter Kämpfer . . .
Wer hätte ihm in Argentinien
eine Altersrente bezahlt?
Hösch zahlt ihm eine anständige Pension
– und die 300000 Mark Kaution hat er ja auch
schließlich aufgebracht . . .
Jetzt wissen die aber, wann er mit Himmler essen war,
telefonierte, und einen Brief haben sie auch,
wo er sagt, was er täglich abkarrt
an die und die Verbrennungsorte.
Doch deshalb kam ich nicht; ich kam,
dir zu sagen, daß schließlich auch d u
mitsorgen solltest dafür,

daß die Amnestie Gesetz wird.
HEILMAYER: I c h – ? – Warum?
DER TOTE: Weil's schändlich ist, daß ihr Juristen
ausnahmslos heute dasteht als die feinen Maxe,
die allenfalls, wenn man ihnen drei Dutzend
Todesurteile nachweist, höflich gebeten werden,
vorzeitig in Pension zu gehen, bei voller Höhe
– daß Ihr aber alle Kriegsverbrecher-Prozesse,
die sogenannten, abschiebt auf die Buckel
von uns Nicht-Juristen!
Wieso bin ich als Eisenbahner,
wieso ist Ganzenmüller
als Diplomingenieur und Eisenbahner . . .
schuldig, nicht aber i h r,
die ihr schließlich die Gesetze gemacht habt,
die erst zur Deportation . . .
HEILMAYER: Anton, das verbitte ich mir! Ich habe –
DER TOTE, *sehr aufgebracht*:
Ein Skandal, daß vielleicht i c h wegen Bereitstellung
von Transportraum lebenslänglich kriege –
während gleichzeitig Globke, an Adenauers Seite
machtvollster Beamter dieses Staates,
Wiedergutmachungsverhandlungen
mit Israel führen darf
– obwohl Globke als Jurist sieben volle Jahre,
bevor ich den ersten Juden abgefahren habe,
den Kommentar schrieb
zu den Nürnberger Rassegesetzen!
Du kannst nicht gutheißen, daß dieser Staat,
um das Ausland zu beschwichtigen,
zum Beispiel einem ehemals siebzehnjährigen
Bauernjungen, der als SS-Mann Juden totschoß,
lebenslänglich verpaßt
– daß aber dieser selbe Staat in keinem einzigen Fall

(in keinem einzigen Fall!) einen Juristen,
der für Hitler das Fallbeil niedersausen ließ wie du,
auch nur ein einziges Mal angeklagt hätte!
Ihr Juristen seid eine Interessengemeinschaft
zur Anzettelung von Prozessen,
die ablenken sollen von der Tatsache,
daß die Justiz selber sich
als den einzigen Berufsstand
ausnimmt von der Gefahr, vor Gericht zu kommen.

HEILMAYER, *beschwichtigend, ja lachend*:
Natürlich! Wir Juristen wollen schließlich
etwas haben davon, Juristen zu sein!
So gaben wir uns General-Absolution, seit Karlsruhe
seinen Generalbundesanwalt freisprach . . .

DER TOTE: Den Fränkel?

HEILMAYER: Kollege Fränkel, ja . . . dem man
nicht vorwarf, in 34 nachgewiesenen Fällen
Zuchthausstrafen in Todesurteile umgewandelt
beziehungsweise Nichtigkeitsbeschwerden
gegen ausgesprochene Todesurteile
verworfen zu haben:
das wurde ihm natürlich nicht
zum Vorwurf gemacht.
Sondern nur, bei seiner Ernennung
zum höchsten Anwalt der Bundesrepublik
darüber nicht geredet zu haben –
Aber du mußt jetzt nicht die Hosen runterlassen,
da du nicht den riskanten Ehrgeiz entwickelst,
wie Fränkel
der höchste Richter der Republik zu werden!

DER TOTE: Und wieso ist trotz 34 nachgewiesener Fälle
dem Fränkel nichts passiert?

HEILMAYER: Weil Karlsruhe entschied:
«Hält ein Richter die Todesstrafe irrtümlich

für die der Tat angemessene ...
so ist ein Tatbestandsirrtum gegeben.
(Paragraph 59 StGB), der den Vorsatz ausschließt.»
Es gab mithin im ganzen Dritten Reich keinen Mord
eines Richters, sondern nur fahrlässige Tötung.
Vergnügt:
Totschlagverbrechen aber sind seit 1960 verjährt.

DER TOTE: Ihr Juristen dürft euch also
mit «Irrtum» freischwätzen,
obgleich ihr noch in der Weimarer Republik
studiert habt, was Recht ist
– aber der Schusterjunge, der dann als SS-Mann
geglaubt hat, er müsse den Befehl ausführen:
den locht ihr ein.

HEILMAYER: Anton, nun mach doch hier nicht noch
den Anwalt für SS-Leute,
nur weil du selber einen Neffen
zwischen denen hattest ...

DER TOTE – *und mit diesen Worten verbleicht, verblaßt er, verschwindet*:
Benutz deine Macht für eine Amnestie!
Für Verjährung!

HEILMAYER: Ich? – nee!
Was sollte das Ausland dazu sagen! Ich will
nächsten Monat zum Staatsbesuch nach Israel.
Und am 20. Juli die Gedenkrede halten
in Plötzensee!

Vorhang

Dritter Akt

Der häufig zu hörende Hinweis auf die rechtsstaatliche Praxis des Extremistenbeschlusses muß – um ein drittes Beispiel aus Baden-Württemberg anzuführen – für das DKP-Mitglied Hans Schäfer in Stuttgart gar wie eine Farce anmuten. Der Junglehrer war 1975 fristlos entlassen worden. Das Stuttgarter Verwaltungsgericht verfügte aber seine Wiedereinstellung. Doch die Kultusbehörde bemühte weiter die Gerichte. Schäfer wurde vor einem halben Jahr endgültig entlassen. Jetzt schickt ihm das Land Baden-Württemberg eine Rechnung über 50198 DM. Was er nach seiner ursprünglich vom Gericht erzwungenen Wiedereinstellung verdient hatte, soll der Vater zweier Kinder nunmehr zurückbezahlen. Schäfer hatte sich schon während der gerichtlichen Auseinandersetzungen um eine andere Beschäftigung bemüht, jedoch das Arbeitsamt hatte abgelehnt: Er sei ja Beamter auf Probe und Arbeitslosengeld könne auch nicht gewährt werden.

Offener Brief an den CDU-Vorsitzenden Kohl von CDU-Mitglied Franz Alt, 12. Juni 1978

Eine Viertelstunde später; nur das Wandlämpchen brennt. Heilmayer liegt auf dem mit einem Kelim zugedeckten Doppelbett, sein Frack hängt, auch die Weste, an einem Bügel irgendwo an einem Fenstergriff . . . soeben hat Heilmayer sich hochgemacht, da tritt

DIETER *auf ihn zu*:
Wollen Sie nicht liegen bleiben?
HEILMAYER, *mit einem Kopfnicken zum Speicher hin*:
Der muß mich so nicht hier liegen sehen,
der Hämmerling,
wenn er mit Christiane zurückkommt.
DIETER: Dauert noch, bis die wieder da sind.
HEILMAYER: Haben Sie im Eis irgendein Wasser
ohne Kohlensäure?
DIETER: Nicht ohne Soda – kann ich holen, unten.
Gegenüber die Kneipe.
HEILMAYER, *zögernd*:
Ich soll wegen des Aufstoßens
Wasser nur ohne Sprudel trinken . . .
DIETER, *hat bereits seinen Mantel gegriffen und sagt im Abgehen, während er dem Minister einen Rock hinlegt und auf die noch offene Dachterrassentür weist*:
Diese alte Joppe sollten Sie anziehen,
wenn Sie den Durchzug hier wollen:
sehr kalt heut nacht!
HEILMAYER: Danke, Dieter!
DIETER, *öffnet vorsichtig die Tür – furchterregendes Knurren des Köters*:
Ist dieser . . . Herr Dobermann auch dressiert,
keinen hinauszulassen?
HEILMAYER *will aufstehen, sagt rasch*:
Da muß doch noch jemand dabei sein –
So ist es; man hört eine bisher nicht vernommene Stimme:

Platz, Nero, hier bleibst du – Nero!
Kommen Sie vorbei.
Dieter ab, dann schließt er von außen die Tür; wütendes, durch «Nero»-Geschrei unterdrücktes Aufbellen.
Heilmayer, legt sich wieder zurück, bedeckt mit dem Unterarm die Augen. Dann steht er auf, nicht ganz ohne Mühe, und geht durch den Raum, die kleine Lampe auszuknipsen; man sieht, wie er sich zurücktastet zum Bett und den Rock anzieht, der bei der Dunkelheit noch nicht erkennbar ist, erst später: als die Uniformjacke eines Heeres-Feldrichters der Wehrmacht Hitlers . . .
Heilmayer legt sich wieder, seufzt, macht sich hoch, als bedrücke es ihn, zu liegen. Nun hört man – doch bewegt e r *hier die Lippen noch nicht –, ihn «anordnen», das heißt: frisch, fest, «feld-dienstmäßig» befehlen, ganz anders, als er meist heute abend sprach, nicht ohne einen Anflug von «Off'ziers-Casino-Schneidigkeit»:*
Hämmerling, lassen Sie mir seine Akte kommen!
HÄMMERLING: Jawoll, Herr Oberfeldrichter,
seine Akte kommen lassen!
Das ist mit Hämmerlings Stimme gesagt, stand deutlich hörbar, befehlsgemäß fest, von Heilmayer und Hämmerling geredet im Raum. Das Licht wandert von dem Liegenden hinweg und holt heran den Stabsfeldwebel Hämmerling des Jahres 1944 – also den Vater des heutigen –, der natürlich vom selben Darsteller verkörpert wird, der heute seinen Sohn spielt, in der Uniform der deutschen Feldpolizei: mit Stahlhelm, kurzen Stiefeln, um den Hals die von allen Offizieren und Soldaten so sehr gefürchtete halbmondförmige Silberplatte mit der eingestanzten Aufschrift: Deutsche Feldpolizei, unter dem «Hoheits»-Adler; diese Platte hängt an silberner Kette dem Polizisten um den Hals . . . Hämmerling senior, 1944 so alt wie heute sein Sohn, spricht wie dieser ausgeprägt Küchen-Schwäbisch, hat eine schwere Pistolentasche am Koppel und trägt die silbernen Litzen des Stabsfeldwebels in Hitlers Heer.

Lautlos, nur vom Licht- und Schattenspiel, wurde er hier eingeführt, noch als er seinen ersten Satz sagte, war er nicht sichtbar.

Wir entnehmen diesen «Fall» samt dem niederträchtigen Erlaß Friedeburgs dem Münchener dritten Vierteljahresheft für Zeitgeschichte 1978. Lothar Gruchmann hat dort zuerst dieses Todesurteil vom 15. Januar 1945 gegen einen Zweiundzwanzigjährigen publiziert, der während eines Heimaturlaubs im September 1944 auf seinem elterlichen Bauernhof von Amerikanern nahe der deutsch-belgischen Grenze «überrollt», dann aber von deutschen Truppen wieder «befreit» wurde. Da der Junge nach seiner «Befreiung» durch Hitlers Wehrmacht der Auffassung blieb, der Krieg sei zu Ende und verloren und nicht zur Truppe zurückging, wurde er am 26. Februar 1945 durch ein sogenanntes «ordentliches» Gericht in Wilhelmshaven, wohin man ihn verschleppt hatte, totgemacht, obgleich sogar jener Stabsrichter, der selber gegen diesen Soldaten die Todesstrafe beantragt hatte, dem Verteidiger beipflichtete, der sie in Zuchthaushaft umzuwandeln bat. Der Ankläger schrieb: «Inzwischen hat der Verteidiger zur Gnadenfrage Stellung genommen. Seinen tatsächlichen Ausführungen kann man nur beipflichten. Der Angeklagte macht den Eindruck eines unbeholfenen gutmütigen Kindes und gehört sicherlich nicht zu den Asozialen. Im Gegenteil, man gewinnt von ihm einen recht ordentlichen Eindruck. Der Schwere seines Verbrechens ist dieser Angeklagte nach Auffassung aller Beteiligten sich wohl nicht bewußt gewesen ... Der im Urteil ausgesprochene Verdacht, der Angeklagte habe möglicherweise dem Feinde Auskunft erteilt oder sei ihm sonst irgendwie behilflich gewesen, ist durch nichts bewiesen.» Dennoch: derselbe «Jurist», der dies schrieb, verwarf dann den Antrag der Verteidigung nach Wiederaufnahme des Verfahrens, da keine neuen Tatsachen vorgebracht worden seien, und ließ selber das Todesurteil an dem Jungen vollstrecken ... (Siehe Bundesarchiv Koblenz: BA/ZNS, Untersuchungsakten Sign. 53 863.)

Der Name dieses Hingerichteten, des Matrosenobergefreiten Emil Blumensath, stehe hier stellvertretend für 24559 Angehörige der Wehrmacht Hitlers, die allein vom 1. September 1939 bis zum 21. Januar 1945 (später konnte man sie nicht mehr zählen!) «rechtskräftig» zum Tode verurteilt wurden, ohne daß ein einziges Mal nach Hitlers Ende einer dieser seiner Richter über diese Untat irgendwem auch nur hätte Rede stehen müssen ... Vergleichszahl: die noch ehrenhafte kaiserlich deutsche Wehrmacht hat in vier Weltkriegsjahren 1914 bis 1918 insgesamt 48 Todesurteile an Soldaten und Offizieren vollstreckt. Die Amerikaner haben im Hitlerkrieg von zehn Millionen Soldaten *einen* wegen Fahnenflucht erschossen; und dieser eine wurde zum Trauma der Nation, die dieses Urteil dem populärsten ihrer Generale, dem Panzer-Patton, nie vergeben hat und noch Ende der siebziger Jahre einen zweiten Film über dieses Verbrechen drehte. Während wir Deutschen bis dreißig Jahre nach Hitlers Tod nicht für «nötig» hielten, über die bis 8. Mai 1945 (und dann noch nach der Kapitulation in britischer Gefangenschaft) durch Deutsche über Deutsche verhängten zweifellos insgesamt 30000 Todesurteile auch nur eine einzige Untersuchung zu schreiben ... Denn die Briten hielten sich schon 1945, als sie verständlicherweise froh waren über jeden Deutschen, den es *nicht* mehr gab, an die aus der Geschichte überlieferte Maxime: «Willst du Deutsche verderben, so nimm Deutsche dazu» – ein Erfahrungssatz, der ewig gültig ist, seit Kaiser Tiberius die Politik Roms gegenüber den Germanen – siebzehn Jahre nach Christus – schon in die ebenso zynische wie zeitlos gültige Maxime faßte, den Norden brauche man nicht länger zu bekriegen, die Germanen würden sich wie immer gegenseitig vernichten. Und «zur Augenweide der Römer», wie Tacitus sagt, metzelten denn auch neunzig Jahre nach der Varusschlacht, die sie zu ihrer Befreiung vereint im Teutoburger Wald geschlagen hatten, die dabei noch verbündeten Germanenstämme sich gegenseitig zugrunde. Der Chronist schließt: «Bleiben und dauern möge, so bitte ich, der Haß unserer Feinde untereinander.» . . . Seine Götter erhören dieses Stoßgebet bis auf den heutigen Tag, denn diese historische Erfahrung, die alle anderen Europäer mit Lust immer wieder beim Blick in die innerdeutsche Arena machen, hat ihre – wer weiß: vielleicht letzte – weltgeschichtlich wirkende Bestätigung gefunden in der durch Deutsche vollstreckten Teilung Deutschlands nach 1949 . . . Denn machen können ja Deutsche seitdem Geschichte nicht mehr, sondern nur mehr erleiden.

Die Urteile der «Wehrmachts-Justiz» und speziell dieses vom 15. Januar 1945 gegen das sogar von seinem Töter sogenannte «unbeholfene, gutmütige Kind» in Wilhelmshaven bestätigen gradezu paradigmatisch den zweiten historischen Erfahrungssatz, den jeder Deutsche aus Lebens-Vorsicht beherzigen sollte: daß ihm nichts Schlimmeres zustoßen kann, als Landsleuten in die Hände zu fallen! Haben wir doch inzwischen erfahren, daß sogar eine größere Anzahl jener deutschen Soldaten, die Front und Verwundungen überlebt hatten und in britische und amerikanische Gefangenschaft geraten waren, dann dort entweder nächtlich-heimlich von «Kameraden» ermordet wurden, weil sie zum Beispiel die

Vermutung geäußert hatten, Hitler verliere den Krieg – oder aber in Norwegen und Norddeutschland noch «rechtskräftig» zum Tode verurteilt und hingerichtet worden sind von jenen Militärrichtern Hitlers, denen Briten noch nach dessen Selbstmord die «Gerichtsbarkeit» über deutsche Mitgefangene auszuüben gestattet hatten. Kein deutscher Soldat in Gefangenschaft der Briten konnte gewiß sein, daß nicht auch an ihm noch wahr werden sollte und Ereignis, was Trakl vorausgesehen hat:

«Am Abend . . .
Verfallen die schwarzen Mauern am Platz,
Ruft der tote Soldat zum Gebet.
. . .
Silbern zerschellt an kahler Mauer ein kindlich Gerippe.»

Der mörderisch kostümierte Feldpolizei-Stabsfeldwebel Hämmerling senior rapportiert in unbeholfenem Schwäbisch nunmehr strammstehend:

HÄMMERLING: Geschtatten, melde gehorsamscht,
Herr Oberfeldrichter,
sollte Herrn Oberfeldrichter erinnern,
daß sich vor heutiger Erschießung
Herr Oberfeldrichter zuerst den neuen Erlaß
vom Kommandierenden Admiral U-Boote,
Herrn Admiral von Friedeburg, damit hier
in Wilhelmshaven Einheitlichkeit bei Hinrichtungen
von Heer und Marine gegeben ischt,
noch durchlesen wollten . . . den Erlaß, mein ich,
vom vierten ersten dieses . . . gehorsamst.

HEILMAYER – *und jetzt spielt er das, während «sein» Amts- und Unterling Hämmerling aus der Kriegszeit ein wenig abseits steht; noch ist Heilmayer auf dem Bett, er könnte seinen Mit-*

tagsschlaf im Büro gemacht haben, er setzt sich auf, knöpft den Rock zu, das Licht läßt den nunmehr erkennen als den Richter- und Hinrichter-Rock des Heeres; noch steht er nicht auf, sondern sitzt nur auf dem Bett und fragt hochnasig-desinteressiert seinen Hämmerling:

Ach, die Marine – was will denn der schon wieder,
der Herr von Friedeburg ... schießen Se los!

HÄMMERLING, *den Erlaß einem Schnellhefter entnehmend, den Heilmayer ihm nicht abnahm, obgleich Hämmerling ihn hinhielt; liest dann vor, immer schwäbelnder:*

Gestatten gehorsamst, Erlaß also vom vierten ersten:
«Der zum Tode Verurteilte ist ein Mensch, der sich durch ein ehrloses Verhalten so schwer gegen das Volk, die Gemeinschaft, die Kameraden oder seine militärischen Pflichten vergangen hat, daß er aus der Wehrmacht ausgestoßen werden muß und durch einen schimpflichen Tod sein Verbrechen sühnen soll ...»

HEILMAYER, *ungeduldig*: Das ist kein Vollzugs-Erlaß,
das ist 'ne Predigt, was will,
verdammt, der Herr von Friedeburg?

HÄMMERLING: «Es muß deshalb alles vermieden werden, was den Verurteilten etwa vor sich selbst oder seinen früheren Kameraden als Märtyrer oder überzeugungstreuen Helden erscheinen lassen kann.

Das Anbinden an den Richtpfahl hat nicht nur den Zweck, einen Fluchtversuch oder ein vorzeitiges Zusammenbrechen des Verurteilten zu verhindern, sondern es ist ein äußeres Zeichen der Schande und deshalb immer erforderlich, um allen bei der Vollstrekkung Anwesenden diese Tatsache vor Augen zu halten ...

Der Verzicht des Verurteilten auf das Verbinden der Augen, der nicht selten vorkommt, erfolgt stets nur

deshalb, um vor sich selbst und vor den früheren Kameraden als aufrechter Mann und Held zu erscheinen. Es besteht keinerlei Veranlassung, dieses Bestreben zu unterstützen, weil dadurch die abschreckende Wirkung des Strafvollzuges auf die anwesenden Soldaten abgeschwächt oder in Frage gestellt wird.
Vielmehr ist es in aller Regel angebracht, ohne Rücksicht auf etwaigen Verzicht des Verurteilten, ihm auch die Augen verbinden zu lassen.»

HEILMAYER, *hat sich, während Hämmerling las, eine Zigarre angezündet, spuckte die Spitze weg und sagt nun beschwichtigend*:
Nun, wir haben uns genaugenommen
nie daran gehalten,
weil bisher der Delinquent immer nur an der Mauer –
nicht aber an einem Schandpfahl angebunden war.
Lassen Sie dort einen Schandpfahl einrammen,
dann hat alles seine Ordnung.

HÄMMERLING: Jawoll, Schandpfahl einrammen lassen,
Herr Oberfeldrichter,
dann hat alles seine Ordnung. Jawoll!

HEILMAYER, *ärgerlich*:
Doch was nun die Ehre betrifft, um die
der Herr von Friedeburg so sehr besorgt ist,
seit er als Kommandeur U-Boote arbeitslos wurde,
weil achtzig Prozent seiner Boote versenkt sind,
für die Ehre haben wir ja nun weiß Gott immer genug
getan: erstens habe ich ausnahmslos im Gerichtssaal
sie dem Verurteilten abzusprechen beantragt
oder verfügt; zwotens wurde sie ihm – ausnahmslos –
vom Richter abgesprochen auf Lebenszeit;
drittens habe ich – wie heute um vier –
sie bei Bekanntgabe des Vollstreckungstermins
stets zwei Stunden zuvor dem Verurteilten

noch einmal abgesprochen auf Lebenszeit;
Und werde sie viertens – wie gleich jetzt – an der Mauer . . . oder exakter: demnächst dann
am Schandpfahl, nicht wahr, Hämmerling . . .

HÄMMERLING, *Hacken schlagend*:
Jawoll, Herr Oberfeldrichter, demnächst dann
am Schandpfahl!

HEILMAYER: . . . da werde ich sie dann
noch einmal absprechen, eine oder zwei Minuten
vor seinem Tode: was ja schon komisch ist!
Eine Minute vor dem Tode einem auf Lebenszeit
die Ehre noch einmal abzusprechen: nicht wahr,
ist schon beinahe komisch?

HÄMMERLING: Jawoll, Herr Oberfeldrichter,
schon beinah komisch!

HEILMAYER: Mehr kann man nun wirklich nicht tun,
weg also mit dem Erlaß.
Noch 'ne Tasse Kaffee und dann wollen wir mal
unsrer Pflicht wieder genügen.

HÄMMERLING: Jawoll, weg mit dem Erlaß, dann
eine Tasse Kaffee, jawoll, Herr Oberfeldrichter.
Kehrtwendung, daß die Möbel zittern, ab mit Paradeschritt. Dazwischen Telefon. Hämmerling schnellt retour und nimmt ab, spricht in den Hörer, den er dann Heilmayer übergibt:
Büro Gerichtsherr Nordwest Wilhelmshaven eins,
Oberfeldrichter Dr. Heilmayer,
hier Stabsfeldwebel Hämmerling
. . . wie, gehorsamst, jawoll, Herr Major – gestatten,
sofort, Herr Major . . . melde gehorsamst,
Herr Oberfeldrichter, Herr Major Dr. Kneckhahn
will namens der Verteidigung
unseres Delinquenten . . . gehorsamst gestatten . . .

HEILMAYER, *der Hämmerling den Hörer abnahm*:
Heilmayer, Heil Hitler, Herr Kollege – wie? Jetzt:

Sie haben Nerven, der Friseur ist doch schon drüben
und rasiert den armen Hund für die Erschießung,
ich hab ihm heute vierzehn Uhr eröffnet, daß ich ihn
sechzehn Uhr erschießen muß . . . verdammt spät!
Nun hört er zu, ungeduldig auf den Fußspitzen wippend, eine Hand an der Zigarre, während Hämmerling wie ein zum Zuschnappen bereiter deutscher Vorstehhund an seiner Seite «sichert» . . . japsend vor Eifer.
Jetzt gibt Heilmayer dem Feldwebel einen Wink, den der sofort versteht: er solle sich bereithalten, mitzuschreiben. Hämmerling nimmt Notizblock und Kopierstift und rückt seinem Chef und dem Telefonhörer so nahe wie grade noch respektierlich. Heilmayer, mit wachsendem Sarkasmus und unverhüllt drohend:
Zugegeben, zugegeben, Herr Major, daß ich das alles
gesagt habe, sogar geschrieben,
weshalb Sie mir's jetzt ja auch vorlesen können,
um nicht zu sagen: vorwerfen. Ja, ja: vorwerfen!
Sie reden ja hier jetzt, als seien auch Sie bereits dort –
Er macht eine Geste, die Hämmerling mitschreiben läßt.
– in Ihrer Auffassung von der Kriegslage,
wo unser Delinquent stand,
als er beschloß, sich von den Amerikanern
bei Aachen überrollen zu lassen!
Wie? – wieso ist da ein Widerspruch,
wollen Herr Kollege bitte präzisieren,
wie ich das aufzufassen habe!
– Hämmerling, geben Sie die Akte.
HÄMMERLING: Jawoll, Akte geben:
hier, Herr Oberfeldrichter!
HEILMAYER: Wie? – wie haben Sie das eben genannt:
«Erledigungswahn» . . . das notiere ich.
Geste zu Hämmerling, daß der mitschreibt.
«Erledigungswahn», weil ich um vier einen totschieße,

den ich selber, zugegeben,
als unbeholfenes gutmütiges Kind
schriftlich bezeichnet habe bei Erörterung
der Gnadenfrage. Sie wagen, mir vorzuwerfen,
ich hätte nicht versucht,
«das Kind» zu retten, weil ich mich weigerte,
Ihren Wiederaufnahme-Antrag zuzulassen:
ich dachte, Herr Major seien Doktor juris
und wüßten, daß ich Wiederaufnahme-Antrag
nur stattgeben darf,
wenn neue Fakten beigebracht werden.
Ist doch keine Frage, daß dieser Mann,
mag er auch zehnmal ein ahnungsloses Kind sein,
das die Schwere seines Verbrechens nach unser aller
Auffassung nie begriffen hat, nichts tat, nichts,
sein von den Amerikanern erobertes Heimatdorf
in Richtung der deutschen Truppen zu verlassen!
Sondern froh war, den Krieg hinter sich zu haben.
Hätten wir nicht das Dorf zurückerobert,
der Bursche feierte da Frieden,
während hier seine Kameraden
noch täglich vor dem Feind stehen.
Nein, ich habe nicht versucht,
weil ich das unstatthaft fände,
einen Überläufer zu retten.
Wie? – kein Überläufer! Aha, erstaunlich,
wägen Sie Ihre Worte, Herr Kollega:
Sie könnten genötigt sein, sich, denn ich werde
Meldung machen über dieses Gespräch,
deutlicher ausdrücken zu müssen,
wieso einer kein Überläufer ist,
der vom Gegner zwar überrollt wurde,
dennoch aber Gelegenheit genug hatte,
zur deutschen Truppe zurückzukehren . . .

statt dessen hat der seines Vaters Vieh gefüttert,
da in dem geräumten Dorf im Niemandsland ...
wer von uns fütterte nicht lieber Vaters Vieh!
Schon daß Sie dauernd den Mann
«Verwundeten» nennen:
er war in Genesungs-Urlaub, er war gesund ...
sozusagen. Läßt mich kalt, jawohl:
Ihre unstatthafte Berufung auf den Führer
läßt mich kalt,
brauche Ihre Rechtsmittel-Belehrung nicht:
auch ich weiß, daß der Führer nicht Todesstrafe,
sondern Zuchthaus als Sühne ausreichend fand,
wenn «jugendliche Unüberlegtheit» Beweggrund war.
Aber der Führer, wollen Herr Major
das zur Kenntnis nehmen,
der Führer schrieb seinen Erlaß im April 40,
vor fast fünf Jahren: bin überzeugt, auch der Führer
würde heute bei verschärfter Kriegslage
nicht derartige Nachsicht walten lassen.
Verbitte ich mir. Jawohl. Danke,
Heil Hitler, Herr Major.
Wütend wirft er den Hörer auf, sagt rasch:
«Erledigungswahn»! – haben Sie das, Hämmerling,
präzise mit Uhrzeit und Tag?

HÄMMERLING, *jämmerlich; dann steckt er seine kleine schwarze Kladde wieder zwischen zwei Knöpfe seines Uniformrocks, wie das Schreibwebel machten*:
Gestatten, Herr Oberfeldrichter, «Erledigungswahn»:
in ein Wort? Wie schreibt man ...

HEILMAYER: Schnuppe, ob in ein, ob in zwei Worte,
das Wort gibt es ja gar nicht, das hat dieser Kerl
... erfunden, mich lächerlich zu machen.
Früher nannte man das Pflicht, jetzt nennt das
der Kollege: Erledigungs-Wahn ... nicht vor mir,

nicht vor mir nennt er das noch einmal so!

Diesen letzten Satz hat er sehr leise und bedrohlich gesagt. Und geht drei Schritte zur Seite, und nun sieht man Dieter ganz im Hintergrund als den Matrosenobergefreiten Emil Blumensath an der Erschießungsmauer stehen, die Hände auf dem Rücken gefesselt; sogar das soldatische «Ehrenkleid», wie das damals hieß, hat man ihm abgenommen; Dieter trägt die für Putz- und Stubenarbeit vorgesehene Drillichkleidung und Holzsandalen ohne Strümpfe, wie er da jetzt von Hämmerling seine auf dem Rücken schon gefesselten Hände noch einmal festgebunden bekommt – an einem Mauerring, da der Schandpfahl erst morgen eingerammt werden wird; Hämmerling macht das rasch und gekonnt: er bindet Dieters ganzen Oberkörper mit einem unter den Armen durchgezogenen Strick an den Mauerring.

Daß der zu Erschießende jetzt Dieters Gesicht hat, ganz deutlich zuerst, alsbald aber verschwimmend wie ein kaum mehr erkennbares Erschießungs-Mauer-graues Zeitungsfoto: soll sagen, daß dieses Opfer dem Zuschauer wenigstens neunzig Sekunden kurz existentiell so nahe ist wie ein Zeitgenosse, der heute noch mit ihm lebt . . .

DIETER, *ruft laut*: Nicht meine Augen verbinden. Bitte nicht meine Augen verbinden, ich kann schon – noch: meinen Mördern ins Gesicht sehen!

Nicht – Schweine . . .

Hämmerling hat nämlich nach einem fragenden Blick auf seinen Oberling Heilmayer die schmale schwarze Binde hervorgezogen und sie dem Wehrlosen umgebunden; der resigniert nun – wie zu Tode erschöpfte Seeleute, die fast ohnmächtig in ihren Schwimmgürteln als Schiffbrüchige im Meer trieben, schließlich resignierten, wenn ihnen die Möwen, gegen die sie sich nicht mehr wehren konnten, die Augen ausgepickt hatten . . .

HÄMMERLING *spricht jetzt wieder in Zimmerlautstärke, offenbar im Büro. Sein teuflisches Dorfküchen-Schwäbisch wird gräßlicher, wo es wie hier undienstlich gemütlicher wird; er*

sagt ein bißchen erleichtert, weil alles (für ihn) überstanden ist:
Darf gehorsamscht noch dran erinnern,
Herr Oberfeldrichter,
daß Sie die Niederschrift über den Vollzug
der Todesschtrafe an Blumensath
noch diktieren wollten.

HEILMAYER: Dann gleich, Hämmerling – schreiben Se:
Niederschrift über den Vollzug der ... und so weiter,
Datum, Ort und so weiter, haben Sie?

HÄMMERLING: Jawoll, Herr Oberfeldrichter – hab das.
Er hat stehend in seine schwarze Kladde hineinstenographiert, abkürzend, da durch häufige Wiederholung auch für ihn diese Wendungen längst zu auswendig gewußten Formeln wurden ...

HEILMAYER, *ziemlich rasch:*
Vorgeführt, wurde demselben in Anwesenheit des unterzeichneten Richters sowie des Heeresjustizinspektors und so weiter um 14 Uhr 05 bekanntgegeben, daß der Oberbefehlshaber des Nordwest-Seebereichs Wilhelmshaven das Feldurteil vom – sehen Sie in den Akten, Hämmerling –

HÄMMERLING: In den Akten nachsehen,
jawoll, Herr Oberfeldrichter –

HEILMAYER: ... dahingehend bestätigt hat, daß der Angeklagte wegen Fahnenflucht im Felde zum Tode, zur Wehrunwürdigkeit und zum Verlust der bürgerlichen Ehrenrechte auf Lebenszeit verurteilt wird. Es wurde ihm weiter bekanntgegeben, daß die Vollstreckung des Urteils angeordnet und ein Gnadenerweis abgelehnt ist und die Vollstreckung des Urteils um 16 Uhr erfolgt.
Der Verurteilte stand um 16 Uhr mit verbundenen Augen auf dem Richtplatz, nachdem er darüber be-

lehrt worden war, daß seinem Antrag, mit unverbundenen Augen zu sterben, laut Erlaß des Kommandierenden Admirals der U-Boote, Herrn Admiral von Friedeburg, vom vierten ersten dieses nicht mehr stattgegeben werden dürfe, welche Belehrung der Delinquent mit Beschimpfungen des leitenden Offiziers für das Vollstreckungsverfahren beantwortete, wobei er seine bereits im Urteil hinreichend begründete Wehrunwürdigkeit noch einmal unter Beweis stellte durch Benutzung von Wörtern wie Mörder und Schweine. Haben Sie das, Hämmerling?

HÄMMERLING: Mörder und Schweine,
jawoll, Herr Oberfeldrichter.

HEILMAYER: Die angetretene Einheit stand auf das Kommando –

Die Stimme des Diktierenden verwandelt sich nun – sehr stark – in die des Kommandierenden auf dem Richtplatz; Heilmayer kommandiert jetzt, als der sogenannte «Leitende Offizier für das Vollstreckungsverfahren», und man hört ihn rufen:

Gewehr über . . .

Und hört jetzt Heilmayers Diktierstimme:

. . . still. Der leitende Offizier las dem Verurteilten die Urteilsformel und die Bestätigungsverfügung vor:

Wieder verwandelt sich der soeben Diktierende in den unter freiem Himmel laut Verfügenden:

«Der Oberbefehlshaber, Heer des Nordwestsee-Bereichs Wilhelmshaven eins, hat das Feldurteil gegen den Matrosenobergefreiten Emil Blumensath vom 15. Januar 1945 am 26. Februar 1945 dahingehend bestätigt, daß der Angeklagte wegen Fahnenflucht im Felde zum Tode, zur Wehrunwürdigkeit und zum Verlust der bürgerlichen Ehrenrechte auf Lebenszeit verurteilt wird. Die Vollstreckung des Urteils wurde mit heutigem Datum angeordnet und ein Gnadenerweis abgelehnt.»

Heilmayer redet jetzt wieder in Zimmerlautstärke, «normal» diktierend:

Der Verurteilte erklärte nichts. Oder, besser,
Hämmerling: nunmehr nichts mehr.

HÄMMERLING, *Hacken schlagend, wieder automatisch dienstlich*: Jawoll, Herr Oberfeldrichter: nunmehr nichts mehr.

HEILMAYER: Der Geistliche erhielt letztmalig Gelegenheit zu Zuspruch. Das Vollzugskommando von zehn Mann war fünf Schritte vor dem Verurteilten aufgestellt. Das Kommando:

Kommandoton: «Feuer!»

Man hört sehr laut die Salve. Und mit ihr verlischt alles Licht, das auf dem zuletzt nur noch verwesungsblau sichtbaren Soldaten an der Mauer lag ... Um so genauer steht jetzt Stabsfeldwebel Hämmerling im vollen Lichtschein, doch außer ihm – und viel schwächer als er – nur Heilmayer noch.

Diktierton:

... erfolgte um 16 Uhr 02. Der Verurteilte
starb um 16 Uhr 04.
Der Sanitätsoffizier stellte den Tod um 16 Uhr 05 fest.
Die Leiche wurde durch das Wachpersonal gesargt
und zum Zwecke der Bestattung abtransportiert.
Unterschrift, Ihre und meine.
Danke. Heil Hitler, Hämmerling.

HÄMMERLING: Heil Hitler, Herr Oberfeldrichter.

HEILMAYER, *noch anfügend*:

Vermerken Sie auf der Akte gleich noch
Aufbewahrungsfrist dreißig Jahre,
nach Ablauf des laufenden. Demnach:
1976 Akten und Urteil
vernichten. Karteikarte fertigen. Weglegen.

HÄMMERLING: Vernichten 1976, Karteikarte fertigen.

Weglegen. Jawoll Herr Oberfeldrichter.

HEILMAYER: Schönen Abend noch,
Heil Hitler, Hämmerling!

HÄMMERLING: Heil Hitler, Herr Oberfeldrichter!

Ab mit Kehrtwendung und Hackenschlagen, daß der Boden staubt. Während der Stabsfeldwebel militärisch die Bühne verläßt, ist das Licht allein auf ihm und folgt ihm, bis er die Bühne verlassen hat, so daß Heilmayer nahezu im Dunkeln zum Bett, in dessen Nähe er ohnehin stand, zurückkehren und sich hinlegen konnte, wobei er sich die Militärjacke wieder aufknöpfte . . .

Hundegebell auf dem Speicher; die Tür öffnet sich und man hört wörtlich die gleichen Floskeln, die beim Weggehen Dieters, der zurückkommt und beim Eintreten das große Licht anmacht:

Platz, Nero, hier bleibst du – Nero!

DIETER *schließt von innen die Tür*:
Waren Sie eingeschlafen, Herr Minister?

HEILMAYER: Ja – quasi; quasi eingeschlafen.
Ach, das ist genau das Wasser . . . schön kalt?

DIETER, *hat der schon ein Glas gegriffen und schenkt ein*:
Ganz kalt.

HEILMAYER *nimmt das Glas und will nun aufstehen*:
Danke Ihnen.
Tut mir wohler, auf dem Balkon tief durchzuatmen.

Er hat sich hingesetzt auf dem Bett, die Balkontür ist noch immer offen.

RUTENFRANZ, *erleichtert*: Darf ich bitte . . .

DIETER, *grausam*: Sie kennen ja jetzt den Weg.

Das sieht man: Rutenfranz wetzt klowärts, während Heilmayer – den er offenbar gar nicht sah – sich auf die Beine stellt, den Militärrock hat er wieder ausgezogen, und ohne ein Gran Selbstironie, als sei heute abend nichts beredet und ruchbar geworden, sich den höchsten Orden der Republik wieder an-

legt, was gar nicht so unumständlich vor sich geht . . .
Dieters Gesicht ist von Staatsverdrossenheit entstellt, was Heilmayer nicht wahrnimmt; so wenig überhaupt seinesgleichen je wahrgenommen haben, wie bei ihren Untertanen «ankommt», daß sie mitten im Jahr aneinander antun, was die Kölner Schlaraffen mit ihren Orden nur an Fasching machen . . .

Da nun wenigstens in Streiflichtern von Heilmayers Vergangenheit als «Richter» so viel erhellt wurde – das heißt: so wenig – wie das Meer vom Eisberg zeigt, möglicherweise also ein Siebentel: so denkt man, während er sich den prunkvoll-weinroten Schärpen- und Halsschmuck umlegt, an das berühmt gewordene Foto, wie der Ministerpräsident von Schleswig-Holstein dem heute amtierenden christdemokratischen Stadtpräsidenten von Lübeck, der nach dem Hitlerkrieg auch Justizminister in Schleswig-Holstein war, diesen gleichen höchsten Orden umgehalst hat – einem Mann, der als Marine-Richter einmal unter eines seiner Todesurteile schrieb: «Asoziale Elemente wie der Angeklagte müssen rücksichtslos ausgemerzt werden.» (Am 14. April 1942 gegen den Matrosen Walter Rötcher.)

Während er sich mit seinem Halsorden abmüht – er geht einige Schritte zu einem Spiegel –, dann sogar von Dieter geholfen bekommt, den Frack wieder anzulegen, der auf einem Bügel am Fensterkreuz hängt wie die Frackweste, dann abermals viel Arbeit mit der breiten weinroten, goldgeränderten Ehrenschärpe des höchsten Ordens hat: wirbt er um den verhaßten Schwiegersohn, nennt ihn sogar sein Kind – weil er das Gefühl hat, den eher für sich zu gewinnen als die Tochter.

HEILMAYER, *während Dieter ihn offenbar nur noch ertragen kann, weil er sich einen Schnaps einschenkte; wofür aber Heilmayer jedes Gefühl abgeht:*
Weil ihr meine Kinder seid,

seht ihr mich nur als Menschen, Dieter,
– in einer Situation, die Menschlichkeit ausschloß.
Ihr solltet mich sehen als Juristen,
um mir Gerechtigkeit widerfahren zu lassen!
Ihr müßt mir zugestehen, daß ich nie,
niemals verstoßen habe
gegen das Credo des großen Antifaschisten
und Ministers der Weimarer Republik,
Gustav Radbruch, zu dessen Füßen
auch ich in Heidelberg 1932 gesessen habe.
Er doziert, zuletzt mit erhobenem Zeigefinger:
«Wir verachten den Pfarrer, der gegen seine Überzeugung predigt, aber wir verehren den Richter, der sich durch sein widerstrebendes Rechtsgefühl in seiner Gesetzestreue nicht beirren läßt; denn das Dogma . . .»

DIETER *gereizt auflachend, leiert wie eine Gebetsmühle das Radbruch-Zitat zu Ende:*
«. . . hat nur als Ausdruck des Glaubens, das Gesetz aber nicht nur als Niederschlag der Gerechtigkeit seinen Wert, sondern auch als Bürgschaft der Rechtssicherheit . . .»
Er lacht – wie's einer tut, um nicht aufzuschreien, dem man einen blutigen Verband abreißt. Und sagt so erzürnt, wie er den ganzen Abend noch nicht gesprochen hat:
Herr Minister, es ist unverfroren, mich hier
zu traktieren mit dem, was jeder im ersten
juristischen Seminar auswendig lernt:
Sie wissen, Radbruch wurde dennoch sofort
von den Nazis hinausgeworfen – und das erste,
was er überhaupt nach Hitlers Tod schrieb,
war die Revision dieser seiner furchtbar
ahnungslosen Ergüsse aus einer Zeit,
in der sogar ein Deutscher einem Richter

die Hand geben konnte, ohne fürchten zu müssen,
diese Hand habe soeben einen Schuldlosen geköpft!
Verständlich war übrigens Radbruchs Standpunkt
mir deshalb nie,
weil er als Biograph Anselm Feuerbachs
doch schon vor den Erfahrungen der Hitlerzeit
Feuerbachs Credo selber wieder ans Licht brachte:
«Ungehorsam ist dem Richter eine heilige Pflicht,
wo der Gehorsam Treubruch sein würde
gegen die Gerechtigkeit, in deren Dienst allein
er gegeben ist.»
Wir sollten – Tina!
Mit Erleichterung hörte er die zurückkehren; der große Mann ist noch immer mit Handgriffen an der Schärpe beschäftigt. Tina tritt ein, hinter ihr Hämmerling. Sofort macht Hämmerling das Licht aus im Raum. Alle blicken zu ihm hin. Sehr aufgebracht fährt ihn – ein Ventil – unverhältnismäßig hart

HEILMAYER *an*:
Was soll das, Hämmerling?
Darf ich nicht mal zum Balkon?

HÄMMERLING, *da eingeschüchtert stärker schwäbelnd*:
Geschtatten, Herr Minister, die Verantwortung
könnt ich unmöglich übernehmen,
da stehen in Schußnähe turmhohe Bäume,
wenn's draußen so duster is wie heut, und Sie stehen
eingerahmt von der Tür da im vollen Lampenlicht:
darauf warten die doch nur!

HEILMAYER, *in der Balkontür*:
Wer?

HÄMMERLING: Ehrlich gesagt, es ist nicht reibungslos
verlaufen heut früh, es gab erhäbliche –
er zeigt auf Dieter –
der Herr Doktor kann Ihnen beschtätigen,

ganz erhäbliche Auflaufe im Treppenhaus,
als wir das Gebäude wegen Ihrem Besuch observierten.
Ich hab mir erlaubt, auf eigene Verantwortung
keine Meldung zu erstatten
und die Empfehlung zu unterdrücken,
die angebracht gewesen wäre,
Ihren Besuch hier bei Fräulein Tochter,
Fräulein Doktor . . . Tochter abzusagen,
um Ihnen net die schöne Familienfeier zu verderben!
Nun hoffe ich, jetzt mit dene Medikamenten sind
Herr Minischter wieder vollends hergestellt.

HEILMAYER, *der demonstrativ wegstellt auf den Couchtisch, was ihm da vor der Balkontür Tina hinhielt an Fläschchen und Packungen*:
Ausgezeichnet geht's mir, wäre nicht nötig gewesen,
Sie beide wegen der Medizin heimzuschicken, danke!

HÄMMERLING: Ich bitte wirklich sehr, das Licht bitte
nicht anzumachen, solange der Herr Minischter
das Dach betreten oder auch nur, bitte,
wie jetzt da in der Balkontür erscheinen . . .

HEILMAYER, *jovial*:
Gehorche Ihnen wie immer, Hämmerling!
Nur sagen Sie – da der Aktenkoffer von Dr. Schultz?

HÄMMERLING, *eifrig, unterbrechend*:
Ach, vergessen? – soll ich ihn hinschicken,
zu Herrn Doktor?

HEILMAYER, *ungeduldig*:
Nein – der kommt ja wieder.
Den hatte er ja schon bei der Wache eins
im Hauseingang stehenlassen:
habt ihr den Inhalt durchgesehen?

HÄMMERLING, *erschrocken*:
Nein – weisungsgemäß: nein! Prüfung ergab,
daß es sich beim Inhalt um Druckmaterial

ausschließlich nicht gehandelt hat,
sondern um Akten, ausschließlich.
Die ja weisungsgemäß nicht
beschlagnahmt werden dürfen,
nachdem sich überzeugt wurde, daß es um subversive
Druckschriften sich nicht handelt.

HEILMAYER: Natürlich nicht, bei diesem Freund
– was war denn im Köfferchen?

HÄMMERLING: Das wurde im Detail nicht observiert,
nachdem weisungsgemäß nur festgestellt war,
daß es sich – wie gesagt – um Druckerzeugnisse
der DRR oder der Untergrund-Szene nicht handelt.
Sondern um Akten. Und eine Waffe,
erwartungsgemäß, hat er, Herr Dr. Schultz,
auch nicht mitgeführt.

HEILMAYER: Fotokopien habt ihr nicht angefertigt?

HÄMMERLING, *aufgeschreckt vor Eifer, jetzt wieder wie ein deutscher Vorstehhund*:
Nein, gestatten: das nicht.
Kann aber sofort veranlassen.

HEILMAYER, *barsch, jetzt ist er der Aufgeschreckte*:
Aber nein doch, lassen Sie, Hämmerling! Ich bürge
ja für Schultz, auch meine Tochter. Danke!
Ein Wink, doch Hämmerling schnellt nicht wie üblich abgerichtet weg, sondern balkonwärts, um – wieder ganz der Vorstehhund, der schon sein Vater 1944 war – dort zu sichern, während Tina mit einem Glas Wasser, in das sie ein Pulver geschüttet hat, zu ihrem Vater tritt, der das aber zurückweist.
Danke, liebes Kind, ich nahm Cognac
und nun nehme ich diese Park- und Nachtluft:
es geht mir wieder ausgezeichnet.
Während Hämmerling in sein Walkie-Talkie spricht, sich so aufgeregt umsehend, als fürchte er, Rutenfranz sei entführt worden; er wird auf dem Dach unsichtbar; sagt

TINA: Das war alles, was ich in eurem Bad
und auf deinem Nachttisch gefunden habe –
Mutti wird nicht verstehen, daß du verboten hast,
deinen Arzt zu holen.

DIETER, *taktlos, doch unfähig, das zu unterdrücken*:
Ein Arzt hat heut gereicht.

HEILMAYER *lacht mit, was will er machen. Und sagt*:
Ein Arzt würde mir auch nur diese roten Kapseln
geben und sagen: besser sind zwei Schnäpse.

Noch ist der Raum ohne Lampenlicht. Während Heilmayer tief aus- und einatmend (zweifellos auch deshalb, weil er nun weiß, daß seine Amtslinge keine Kopien der Gerichtsakten angefertigt haben) dort nahe der offenen Tür steht und die Arme sogar sportlerisch schwingt, doziert er gemütlich und sieht so wenig wie Dieter und Tina, daß hinter ihren Rücken Herr Rutenfranz leise wie Wild, so eine «Wucht» von Mensch er auch ist, wieder seinem Arbeitsplatz zustrebt; nun aber nicht weiß, wie er den großen Mann stören darf.

Nun zerbeiße ich – wie der Hämmerling
sagen würde: «weisungsgemäß» –
noch zwei rote Nitroglyzerin-Kapseln
dann bin ich wieder pudelwohl.

Wie Rutenfranz durch die Dreiergruppe – nur Tina sitzt, Dieter steht da, Heilmayer «turnt» – sich soeben hindurchzuwurmen «getraut»: sieht er Hämmerling und – noch furchtbarer – wird von dem gesehen! Denn sein Weisungsbefugter ist soeben zurückgekehrt von seiner Suche nach dem Weisungsverfügten. Vor Wut vermag

HÄMMERLING *nicht zu schreien, nur zu röcheln*:
Rutenfranz – Sie hier und Ihre Waffen dort oben,
wo Sie ... Herr Minister, ich bitte –

HEILMAYER, *vergnügt*: Schon abgeschlagen, Rutenfranz
steht heute unter meinem,
nicht ich unter seinem Schutz:

notieren Sie, Hämmerling, daß der Wachtmeister
ohne die morgige Sicherungs-Schwimmer-Prüfung
abzulegen, schon aufgenommen ist in Gruppe eins
der Bundessicherungs-Schwimmer-Crew . . .

HÄMMERLING: Aber Rutenfranz hat seine Waffen dort
auf dem Dach, im Zugriffsbereich potentieller . . .

HEILMAYER, *eisig autoritär*:
Rutenfranz, los aufs Dach, und Sie, nicht wahr,
Hämmerling, haben das notiert. Danke.

HÄMMERLING: Jawoll, notiert, selbstverständlich,
Herr Minister, nur –

HEILMAYER, *leise*: Was noch?

HÄMMERLING, *der in den Raum getreten ist und die Tür zum Dach zumachte*:
Gestatten, Herr Minister, meine . . . Ihre . . .
meine Autorität kann nur ausgeübt werden,
wenn sie nicht wie eben derart –
Er weint fast.

HEILMAYER, *nun «gütig» auch zu ihm, das heißt: heute einfach in der Laune, nach allem, was ruchbar wurde, ein Gegenbild von sich zu demonstrieren, den lieben Demokraten*:
«Derart» – um Gottes willen, Hämmerling,
ich untergrabe nicht Ihre Autorität,
wenn ich Ihnen einmal sage,
daß die aufhört zwischen Nabel und Knie Ihrer Leute:
Rutenfranz ist heute undicht
durch pausenlose Schwimm-Übungen, er ist . . .

HÄMMERLING, *ein Verzweiflungsschrei*:
Dumm! Herr Minister, er ist so niederschmetternd
dumm: ich hätte ihn doch ins Bett gesteckt,
hätte er nur weisungsgemäß gemeldet . . .

HEILMAYER: Pflichteifrig ist er: das sieht nur dumm aus,
wenn einer so eifrig ist.
Was haben Sie gegen diesen Mann!

HÄMMERLING, *erledigt*:

Nichts. Gestatten: nichts, Herr Minister. Rutenfranz
ist der beste Scharfschütze der Bundesrepublik.
Er hat auch die Bergsteiger-Begehungs-Spange
in Gold.
Bei allen Staatsbesuchen in Köln
muß ich ihn herleihen, weil er beide Domtürme
gleichzeitig als Chefbewacher übernimmt ...

HEILMAYER: Na, also: und –

HÄMMERLING, *laut, fast aufweinend*:

Aber er ist so dumm ... zu dumm zum ...
zum Milchholen.

HEILMAYER: Muß auch noch intelligent sein,
wer gut schießen kann?

Er hat Hämmerling einen väterlichen Schubs gegeben, der torkelt nun ab, vergißt sogar vor Kummer strammzustehen, dreht sich nur einmal um sich selber, schüttelt den Kopf und ist hinaus, ohne daß der Dobermann, versteht sich, diesmal anschlägt, weisungsgemäß ...

Heilmayer, nach einem absichernden Blick, ob Hämmerling die Tür hinter sich zugemacht hat:

Unser Problem nicht vergessen:
einmal ein Erpresser, immer ein Erpresser!
Erst recht, wenn ich ihm geholfen habe:
man hüte sich vor jedem,
der einem dankbar sein muß.

TINA – *ihre Geduld, auch ihre Rücksicht auf den Vater, der vor einer Stunde einen Anfall von Herzneurose hatte, sind aufgebraucht; so sagt sie sarkastisch*:

Wenn das stimmt, muß Klaus sich vor dir hüten:
wer ist denn hier wem zu Dank verpflichtet ...
schließlich brachte er deine Papiere uns,
statt der Presse!
Daß du ihn einen Erpresser nennst,

selber aber SPD-ler anwirbst,
die euren Präsidentschafts-Kandidaten
erpressen sollen mit alten Schwüren,
die Carstens gar nicht für seine Person leistete: ach!
Sie bricht ab, mit einer Handbewegung, als wolle sie sagen, was sie aber als Tochter nicht einmal denken kann: dieser Mensch ist ekelhaft . . . Sie ist derart betroffen, daß sie jetzt ohne jedes Recht über Dieter herfällt, nur weil sie anders fast ersticken müßte. Denn

DIETER *hat eher harmlos zu vermitteln versucht, jedenfalls Tina gar keinen Grund gegeben zu ihrer Reaktion; er faßte Tina sogar am Arm, beschwichtigend, ehe er sagt*:
Liebling, nun steigere nicht die Emotionen:
fragen wir lieber, wie dein Vater Klaus den Job,
auch wenn er den gar nicht wieder antritt,
im Krankenhaus zurückgibt . . . Herr Minister,
ich bin fest überzeugt, Klaus hätte den Koffer da
überhaupt nicht aufgemacht heut abend,
würden Sie ihn nicht – wie Tina und mich –
mit den Killern des armen Moro
in einem Atem genannt haben –

TINA, *wie eine angeschossene Raubkatze, ohne jede Selbstkontrolle – vermutlich «schwangerschafts-gesteuert»*:
Was fällt dir ein, Klaus dauernd herabzuwürdigen,
indem du beteuerst: es gehe nicht um sein Recht
– sondern um Vaters fahrlässiges Reden zu Moro?

DIETER, *jetzt auch in Wut*:
In diesem Ton kann ich auch reden,
wenn der dir zusagt: ich versuche zu vermitteln,
aber nicht aus Nächstenliebe,
auch nicht aus Sachlichkeit
– sondern weil mir so wenig
wie dir daran gelegen sein kann,
daß dein Familienname

durch die Zeitungen gezerrt wird:
das wäre ein Hochzeits-Geschenk!

TINA, *tief gekränkt*:
Ah – ich verstehe! Dieter – wir müssen nicht heiraten.
Ich weiß auch nicht, ob ich dich heiraten würde,
hörte ich jetzt, dein Vater habe für Hitler gemacht,
was meiner gemacht hat.
Vati, du hättest mir die Wahrheit
wenigstens andeuten müssen,
dann wäre ich nicht Juristin geworden . . .

HEILMAYER, *unterbrechend, doch er kommt nicht zu Wort*:
Tina, bist du . . .

TINA: Ich hätte mich nicht selber in die absurde Situation
hineinstudiert, demnächst einen Warenhaus-Dieb
zu verurteilen, während mein Vater
– nach solchen Untaten frei rumläuft.

HEILMAYER: Bist du bei Verstand!

TINA: Wie gerne verlöre ich ihn . . .
man sieht ja an dir,
daß einer ohne Gedächtnis auch besser lebt!
Wie viele Todesurteile muß ein Mensch gefällt haben,
um eines vergessen zu können?
Oder: um über keines jemals ein Wort zu verlieren?

HEILMAYER: Dieter, bitte helfen Sie, meiner Tochter
klarzumachen, daß kein Wort in dieser
. . . Auswahl da meiner Akten,
– denn natürlich sind es nur die ausgewählt
negativen Aspekte meiner Tätigkeit . . .

TINA, *schaudernd*: «Tätigkeit».

HEILMAYER, *zuerst schreit, dann doziert er*:
Jawohl Tätigkeit! Du bist allein
auf Grund deines Jahrgangs nie in ähnliche
. . . Zwangssituationen geraten!
Bist unfähig, zu beurteilen . . .

TINA, *greift aus dem Köfferchen eine Akte*:
Es war nie Gesetz, einen Arzt zu enthaupten,
weil er eine Abtreibung vorgenommen hat.
HEILMAYER: Dieser Arzt – übrigens nur ein Pole –
lebt heute noch!
TINA: Ja, dein Pech: daß den die Rote Armee befreite,
bevor du ihn auf die Guillotine schnallen konntest!
HEILMAYER: Der Mann lebt deshalb noch,
weil ich das Urteil erster Instanz,
das ihn zu zwei Jahren Gefängnis verurteilte,
verworfen habe . . .
TINA, *während sie Dieter die Papiere hingehalten hat*:
Dieses erste Urteil beweist,
daß damals auch humane Richter lebten
und daß die Todesstrafe keineswegs
unumgänglich war
– du hast es verworfen und dafür gesorgt,
daß der Arzt in zweiter Instanz
zum Tode verurteilt wurde.
Wieso du ihn dadurch gerettet haben willst, ist mir –
HEILMAYER: Weil dieser Arzt nach Verbüßung
der Haft nie wieder freigekommen –
sondern ins KZ eingewiesen worden wäre: habe ich
TINA: – ihn einfachheitshalber köpfen wollen!
HEILMAYER: Ein weiblicher Demagoge
ist noch widerlicher als ein männlicher.
Ich habe den Mann überhaupt nicht verurteilt!
TINA, *kalt, angewidert*:
Hitler hat auch keinen Juden vergast,
sogar Adolf Eichmann nicht . . .
Du hattest vor einer Stunde deine Herzneurose:
gehen wir doch schlafen –
HEILMAYER: Meinetwegen nicht: mir lieber, ihr würdet
mir noch heute sagen, was ich tun kann,

mit Klaus fertig zu werden.
TINA: Dich pensionieren lassen
mit zwölftausend Mark im Monat . . .
Klaus geht ja weg in ein Land, das Ärzte einstellt,
ohne von Kriegsverbrechern überprüfen zu lassen,
ob die Ärzte als Studenten
linke Demonstranten waren!
HEILMAYER: Nennst du mich einen Kriegsverbrecher?
Hut und Mantel, Dieter, bitte!
Dieter reagiert nicht; Heilmayer hat auch gar nicht beabsichtigt, zu gehen.
TINA: Nur aus Taktgefühl lasse ich
die Vorsilbe: «Kriegs» nicht weg:
Kriegsverbrechen zählen wir ja zu Kavaliersdelikten,
wärst du nicht mein Vater,
ich sagte einfach und ehrlich: Verbrecher . . .
wenigstens en famille wollen wir doch
einmal die Wahrheit sagen –
einmal und nie wieder!
HEILMAYER, *spöttisch*:
Wahrheit – über eine Epoche,
die du nicht einmal als Kind erlitten hast?
Kinder – heutzutage sind das Lebewesen,
die sich einbilden, ihren Eltern erklären zu müssen,
wie man Kinder macht . . . ihr seid
die Pharisäer-Generation:
nichts spricht dafür, gar nichts, daß euresgleichen
die Bewährungsprobe der Diktatur
moralisch weniger beschmutzt als wir
überstanden hätte.

Wieder ist der Chronist in der Zwangssituation, belegen zu müssen, was er berichtet, weil normale Menschen der Nachkriegsgeneration ihm sonst nicht glauben werden, was sie hier sehen oder lesen: daß ein Münchener Senatspräsident – der nie von Amts wegen auch nur zur Rede gestellt wurde wegen seiner Tätigkeit in Nazi-Polen, sondern monatlich mehrere tausend Mark Pension verzehrt, während der hier erwähnte polnische Arzt, der beinahe seinetwegen geköpft wurde, «natürlich» niemals einen Pfennig Wiedergutmachung aus Deutschland erhielt –, tatsächlich noch fast zwanzig Jahre nach Hitlers Tod in München amtiert hat; und dann keineswegs deshalb mit Pension in voller Höhe seinen «Ruhestand» antrat, weil ruchbar geworden war, was er in Krakau angeordnet hatte – weil einiges davon ruchbar geworden war –, sondern weil er selber den Bundespräsidenten infolge eines Herzinfarktes bat, vorzeitig pensioniert zu werden!

Wir zitieren daher aus der Hamburger «Zeit» vom 27. August 1965 den Brief, den ihr ein Facharzt für Chirurgie, Dr. Zygmunt Walczynski aus Sroda in Polen schrieb, weil er «zufällig in der Zeit» die Ausreden des auf seine frühere «Tätigkeit» angesprochenen Münchener Senatspräsidenten gelesen hatte in «Sachen eines vom Krakauer Obergericht zum Tode verurteilten polnischen Arztes las. Dieser Arzt bin ich – Zygmunt Walczynski.

Während der Okkupation wohnte ich – nach der Zwangsaussiedlung aus der Woiwodschaft Poznań – in Kraków. Im September 1942 erschien bei mir eine Patientin, eine Deutsche, zwecks Unterbrechung der Schwangerschaft. Ich entschloß mich zu diesem Eingriff, weil die mir vorgelegten ärztlichen Zeugnisse dessen Notwendigkeit aus Gesundheitsrücksichten bestätigten. Die Patientin sollte nach einigen Tagen zur Kontrolluntersuchung wieder vorsprechen. Sie kam aber nicht. Dagegen wurde ich am 16. Oktober 1942 verhaftet und in das Montelupi-Gefängnis gebracht.

Im Februar 1943 fand mein Prozeß vor dem Krakauer Sondergericht statt. Das Urteil lautete auf zwei Jahre Gefängnis. Während meiner Haftzeit erfuhr ich, daß meine Sache noch nicht zu Ende geführt sei, und ich einen neuerlichen Prozeß zu gewärtigen habe.
Damals wußte ich nicht, auf wessen Betreiben die Wiederaufnahme des Prozesses erfolgte. Ich war der Meinung, daß das Urteil gemildert werden sollte. Dieser Meinung war auch der deutsche Rechtsanwalt, den meine Frau genommen hatte.
Der 19. Juni 1943 wird für immer in meinem Gedächtnis bleiben. Die Verhandlung vor dem Obergericht war kurz – sie wurde von Dr. Bauer geleitet. Der Staatsanwalt forderte fünf Jahre Gefängnis. Das Urteil lautete jedoch anders: ‹für vorsätzliche Handlung zum Schaden des deutschen Volkes› wurde ich zum Tode verurteilt.
In 75 Pfund schwere Ketten gefesselt überführte man mich in das St.-Michael-Gefängnis in die Todeszelle. Alle zwei Wochen hörte ich die Schüsse, die bei der Urteilsvollstreckung in der Hinrichtungszelle abgegeben wurden. Ich wartete, wann die Reihe an mich kommt. In diesem grauenhaften Zustand verbrachte ich ein Jahr und sechs Wochen – bis zum 1. August 1944. An diesem Tage wurde ich mit einem Transport von 150 zum Tode Verurteilten nach Wroclaw (Breslau) überführt.
Nach einigen Wochen wurden wir – dieselbe Gruppe – in das Gefängnis von Brzeg (Brieg) und von dort nach ungefähr drei Wochen nach Legnica (Liegnitz) transportiert. Von dort aus wurden in gewissen Zeitabständen immer einige Personen nach Wrocław (Breslau) geschickt, wo sie guillotiniert wurden. Ich lebte die ganze Zeit in Erwartung des Todes, weil ich niemals, bis zum Schluß nicht, begnadigt wurde. Gegen Ende Februar 1945 waren von dem ganzen Krakauer Transport nur

noch zwei Menschen am Leben – einer davon war ich. Damals wurden wir zwei, da Legnica (Liegnitz) schon von der sowjetischen Armee bedroht war, in das Gefängnis von Jelenia Góra (Hirschberg) gebracht, wo wir am 8. März 1945 von den Sowjets befreit wurden.»

Hansjakob Stehle hat am 1. Februar 1965 im Hamburger «Stern» auch zitiert, mit welchen Formulierungen der spätere Münchener Senatspräsident den ihm unterstellten Richter in Polen gezwungen hat, den Arzt nicht einfach als Abtreiber zu verurteilen, in zweiter Instanz, sondern als «Volksschädling», was meist genügt hat, die Höchststrafe herbeizuführen. Der Einspruch gegen das milde erste Urteil war von ihm so formuliert worden: «Die an einer deutschen Frau vorgenommene Abtreibung stellt eine Beeinträchtigung der Lebenskraft des deutschen Volkes dar . . . Wenn nun gar ein fremdvölkischer Arzt wie der Angeklagte Walczynski sich erdreistet, deutsches Leben zu töten, so kann nur eine exemplarische Strafe die Folge sein. Dem Angeklagten Walczynski waren, wie er zugesteht, die bevölkerungspolitischen Grundsätze und Ziele des nationalsozialistischen Staates bekannt; seine Tat kann daher nur als eine bewußte Auflehnung gegen diese Grundsätze und Ziele verstanden werden . . .!»

Stehle kommentierte: «Gehorsam sprach das deutsche Obergericht in Krakau die Todesstrafe aus. Sogar dem deutschen Oberstaatsanwalt war das zuviel. Er wies am 13. Juli 1943 darauf hin, daß die Bereitwilligkeit des deutschen Mädchens, die Schwangerschaft unterbrechen zu lassen, durchaus keine politischen Motive hatte und auch nicht kriegsbedingt sei. ‹Es bestehen hiernach gegen den Ausspruch der Todesstrafe rechtliche Bedenken.›»

TINA: Ein Unterschied ist doch zwischen
unseren Generationen: hätten Dieter oder ich
eine Neunzehnjährige enthauptet,
weil sie den jüdischen Säugling der Familie,
bei der sie Dienstmädchen war
und die vergast worden ist, versteckt hat,
um wenigstens den Säugling vor dem Gas zu retten,
dann würden wir die Schnauze halten,
dreißig Jahre später
– nicht aber einen langgedienten Lok-Führer
wegjagen, weil er Kommunist ist.

HEILMAYER: Ich habe diese Polin nicht enthauptet.
Und daß der Säugling vergast wurde, hat nichts
– buchstäblich: nichts mit mir zu tun.
Er kam zurück nach Treblinka,
weil Polen das Mädchen angezeigt hatten,
und alle Juden in Treblinka wurden vergast.
Unsere deutsche Justiz ist daran völlig unschuldig.
Die SS hat das gemacht.
Pause, Schweigen – dann:
Ihr helft mir also nicht nur nicht,
ihr richtet mich ... richtet nicht,
auf daß ihr nicht gerichtet werdet.

TINA, *mit Hohn*:
Wie hast denn du amtiert, mit diesem Bibelwort?

DIETER, *schroff, als wolle er andeuten, Schluß jetzt*:
Wir bürgen, Tina und ich: daß Klaus
nichts herausläßt, da aus seinem Köfferchen,
sofern Sie ihm den Spaß machen
– es ist ja tatsächlich nur noch sein Spaß,
da er nach den USA geht –,
ihm zurückzuverhelfen in sein Krankenhaus.

HEILMAYER: Montag! – bis Montag garantiere ich
seine Wiedereinstellung.

Wo aber bleibt seine Garantie?
Klaus hat das nicht selber – oder doch? –
aus den Archiven gekramt! Wer garantiert,
daß nicht Komplicen mich erpressen?

TINA, *kälter als Dieter*:
Wer gemacht hat, was du gemacht hast,
verlangt zu viel, wenn er auch noch
risikofrei leben will.
Ruf Klaus an, frag ihn selber!

HEILMAYER: Zumutung – ich: den!

DIETER, *sanft, aber bestimmt; schon am Telefon*:
Würde auch ich empfehlen, Herr Minister.
Soll ich vielleicht zuerst ...

HEILMAYER, *scheinbar herablassend wie auf dem Amt, in Wahrheit beflissen, ängstlich, auch hoffnungsvoll*:
Bitte – mich doch ganz zu verschonen
mit dem Burschen:
Wie will er – das möge er Ihnen verdeutlichen –
seine – Akten-Zuhälter zum Schweigen bringen?
Alles Kopien – das sind doch da alles nur Kopien!
Er weist auf das Köfferchen.
Während ich Klaus seine Originalakte aushändige.

TINA *lacht böse*:
Das nenne ich Sinn für Proportion!

HEILMAYER: Proportion?

TINA: Du wagst, deine Blutakten zu vergleichen
mit dem, was drei dreckige Spitzel
über Klaus zusammengeschnüffelt haben?
Klaus hat mit einer Wasserpistole hantiert
– du mit einem Fallbeil!
Ruf an, Dieter.
Während Dieter wählt, dann in das Gespräch zwischen Tina und Heilmayer hineinsagt –

DIETER: Bitte Herrn Dr. Schultz –

guten Abend, Frau Schultz, Dieter ist hier;
Klaus schon zu Hause? – danke –
sagt

TINA, *die sich bemüht, zu verbergen, wie «Vati» sie anekelt*:
Das kannst du am Telefon nicht sagen, sag's mir,
ich treffe Klaus morgen: wie du das anstellen willst,
ihn schon kommenden Montag wieder an seinen Platz
in der Klinik zurückzubringen?
Wenn er jetzt Dieter erläutern soll,
wie er seine Mitwisser stillhält –
wird er das auch von dir wissen wollen!

HEILMAYER, *bemüht, Tina – was ganz unmöglich ist – für sich zu gewinnen*:
Du wirst das für dich behalten?

TINA: Natürlich – da ich deinen Namen trage.
Sie bricht ab, kann vor Gequältsein nicht reden.

HEILMAYER: Ich lasse morgen früh ganz offiziell
seine Akte kommen,
du kannst sie übermorgen zu Hause bei uns holen,
und wirst sie – mit Klaus als einzigem Zeugen –
verbrennen. Oder besser:
einschließen in ein Safe auf deinen Namen.

TINA, *spöttisch*:
Einschließen – wozu?
Seit neulich diese Flugzeugfabrik ... wie hieß sie:
diese Bestechungspapiere?

HEILMAYER: Lockheed?

TINA: Lockheed!

HEILMAYER: Es gibt keine «Bestechungspapiere»,
sei nicht albern: wer sollte so dumm sein,
dergleichen zu Papier zu bringen!

TINA: Jedenfalls ist aus dem Verteidigungsministerium
dieser Schriftwechsel verschwunden,
jedes Kind weiß, jeder hohe Beamte

könnte unterschlagen an Papieren, was ihn belastet,
also: wozu das einschließen!
Sag lieber, wie willst du Klaus
wieder einstellen?

HEILMAYER: Die ihn da rausgesetzt haben
aus seinem Krankenhaus
kriegen einen amtlichen Wink, verstehst du:
mündlich und natürlich nicht von mir,
daß Klaus schon immer . . . für uns gearbeitet habe.
Fertig.

TINA: «Uns»? – wer ist: uns!

HEILMAYER: Der Staat – überlaß das mir:
je weniger du weißt,
je unbefangener kannst du deinem Freund
ins Gesicht sehen.

TINA, *erregt*:
Du hängst dem Ahnungslosen also an,
er sei damals der Spitzel
seiner Kommilitonen gewesen?

HEILMAYER, *vergnügt*:
Zum Beispiel, ja! Muß ich doch im Detail
gar nicht erläutern: ein Hinweis
auf den unbegreiflichen Esslinger Freispruch
– für das gleiche Delikt, für das in München
dieser Rolf Pohle fünfzehn Monate bekam:
ist da zulänglich überzeugend.
Ein Rat fürs Leben, liebes Kind, in allen Situationen:
nie zu viel erklären!

TINA, *während Klaus jetzt offenbar schon zu Dieter ins Telefon redet*:
Also auch der Richter, der Klaus freisprach:
muß für seine anständige und gerechte Tat . . .

HEILMAYER, *mißvergnügt*:
Ein schamloses, gegen die Bundesrepublik gerichtetes

Urteil hat dieser Halunke da gesprochen!
TINA, *betont*:
Muß sich nachsagen lassen, er habe
diesen Freispruch verfügt,
weil er – wie Klaus – ein gekauftes Subjekt
des Verfassungsschutzes ist!
HEILMAYER, *feixend*:
Geschieht ihm recht, das kost ihn ja nichts,
diesen Richter – um so weniger, als er's ja,
so wenig wie Klaus, jemals erfährt!
Das einzige, was ihm daraus erwachsen kann,
ist eine außerplanmäßig schnelle Beförderung!
TINA, *mehr zergrämt als empört*:
Daß Zyniker wie du diesen – diesen wie jeden
Staat in der Hand haben, sagt man sich ja,
wenn man nur ein wenig Geschichte kennt ...
aber daß i h r die Stirn habt, von unserer Jugend
einen Funken Loyalität gegenüber diesem Staat
zu verlangen, sogar Solidarität:
das zeigt nur, daß ihr doch bei weitem
nicht so instinktsicher und intelligent seid
wie schlecht, wie widerlich!
HEILMAYER, *lächelnd, ungerührt*:
Spar deine Gefühlsergüsse für Plädoyers,
wenn du streiten mußt für einen armen Hund
... hören wir, was Klaus angibt!
Denn Dieter hat Heilmayer herangewunken und, nachdem er im Hintergrund telefonierte, nun den Apparat an langer Schnur (damit man auch vom Bett aus sprechen kann) in den Vordergrund gebracht. Noch in den Hörer sagt –
DIETER: Moment, Klaus, ich denke, ich sollte das jetzt
andeutungsweise rapportieren – ich gebe den Apparat
an Tina, die sich morgen mit dir trifft ...
Redet nicht zu viel ... in den M i t hörer!

Er hat Tina das Telefon ausgehändigt. Sie geht wieder, dabei die lange Schnur aufgreifend, damit in den Hintergrund, während zum Minister, der sich völlig gefangen hat, Dieter sagt:
Das Mädchen, das zuerst Ihre . . . Spur, Herr Minister,
aufgriff in den Akten: ist tatsächlich
nur dank des Computers draufgestoßen
und glücklicherweise politisch ein Kind,
total desinteressiert,
es ging ihr nur um die Rente ihrer Mutter,
deren Mann Sie erschossen haben.
Klaus suchte dann weiter – schon in der Absicht,
sich notfalls von Ihnen helfen zu lassen . . .

HEILMAYER: Also doch Erpresser – Tinas «Freund».

DIETER, *charaktervoller als sonst; er zielt – man fängt an, das zu spüren – mit diesem Bericht das Ende* s e i n e r *Auseinandersetzung mit Tinas Vater an*:
Keineswegs: er war sehr überrascht, daß Sie heute
so unklug und ungütig waren, ihm nicht zu helfen.
Nie hat Klaus vermutet, Ihre Gewalt oder die der
BRD mit Gegengewalt beantworten zu müssen
– er gedachte, wie er mir sagte, Sie zu warnen,
wenn Sie vernünftig mit sich reden ließen . . .

HEILMAYER: Wieso rechnete er damit?

DIETER: Er vermutete, Tinas Vater wisse
kraft seines Amtes so viel über ihn,
daß er seine Harmlosigkeit kenne: er i s t harmlos!

HEILMAYER: Das glaube ich nicht.

DIETER: Das w e r d e n Sie glauben – aber das soll Tina
Ihnen sagen. Es wird Sie noch interessieren:
Klaus hat, weil er irrtümlich vermutete, in den Archiven
säßen Ihre Helfershelfer von der CDU
nie nach I h r e m Namen, Herr Minister,
in den Akten gesucht; und da hätte er
– das wird Sie beruhigen – auch nichts gefunden.

Denn nicht nach den Namen der Richter,
auch nicht nach denen der Hingerichteten,
sind dort die Akten abgelegt,
sondern nach Gerichts-Orten und Armeekorps.
Allein in Korneli-Münster, bei Aachen, einem Kloster,
liegen von der Marine über fünfundsiebzigtausend
Gerichtsakten, etwa sechzig Prozent
des vorhanden gewesenen Bestands.
Um nicht auffallen zu lassen, daß er
auf Ihrer Spur war,
hat Klaus für fast dreizehnhundert Mark Akten
kopieren lassen –

HEILMAYER: Wieso war er so rücksichtsvoll?

DIETER: Nicht rücksichtsvoll – weitblickend:
der sagte sich, wenn herauskäme,
von wem er Urteile suche,
dann würden die entweder unterschlagen,
wie ja in Westberlin Ihre Personalakte, Herr Minister,
verschwunden ist
– oder Sie würden so rasch zurücktreten müssen,
daß Sie gar nicht mehr dazukämen,
Klaus noch zu helfen!
Denn das . . . da, in dem Köfferchen, versichert er:
sei ja nur, wie er sich ausdrückte, der blutige
Abfall Ihrer Tätigkeit aus anderthalb Jahren!
Er hat von einem der Direktoren dieser Institute
gehört, daß außer einem
– einem einzigen amerikanischen – Historiker
niemals jemand, ob Wissenschaftler, ob Journalist,
gekommen sei, der sich aus anderen
als aus Renten-Antrags-Gründen
interessiert habe für die dort aufbewahrten
Wehrmachtsgerichts-Akten . . .

HEILMAYER: Mit Recht, wer mag diesen Unflat noch!

DIETER, *böse*:
Dieser «Unflat», Herr Minister, sind letzte Spuren
von nicht weniger als sechzehntausend
deutschen Soldaten,
sechzehntausend, sagte mir Klaus,
die hinter der Front von Männern wie Ihnen
umgebracht wurden!
HEILMAYER: Hingerichtet, meinen Sie –
nach ordentlichen Gerichtsverfahren.
DIETER: Sechzehntausend – «ordentlich»:
über die bis heute in der BRD,
dem Lande der größten Buchproduktion der Welt,
niemals eine Untersuchung gedruckt worden sei ...
wie Klaus hörte von einem dieser Archivare dort.
48 Soldaten wurden im Ersten Weltkrieg hingerichtet.
Jetzt zu Tina, die zu ihnen getreten ist, da sie das Telefonat beendet hat, und zuhörte; sie hat zweimal laut aufgelacht, während sie mit Klaus sprach:
Klaus hält es für unwahrscheinlich,
daß noch irgendeiner dieses Themas
«Deutsche Militär-Richter Hitlers»
sich annehmen wird ...
Sofern Sie nicht ausgerechnet nach dem Amt
des Bundespräsidenten greifen
oder Kanzler werden wollen,
wird – meint auch Klaus – keiner mehr
nach Ihren Akten suchen,
um Bonn vor der Welt unmöglich zu machen ...
HEILMAYER, *tut das ab*:
«Vor der Welt»! – Himmel, wie ernst ihr das nehmt:
die Welt hat sich nie gekümmert um Urteile
Deutscher über Deutsche ...
und von drei oder fünf Polen abgesehen:
hatte ich's ja niemals mit einem Alliierten

zu tun, mit keinem Russen, Briten, Amerikaner!
Fast «aufgeräumt» jetzt:
Sagen Sie, Dieter: wie hat denn der als Arzt
überhaupt begründet,
in den Archiven zu schnüffeln?
Da es ihm nicht um Renten ging, wie Angehörigen;
und da es ihm auch nicht um Geschichtsschreibung
gehen konnte, wie einem Historiker:
wie formulierte er dann überhaupt
seine Archiv-Benützer-Anträge?

DIETER: Klaus stellte den Antrag, Ärzte zu suchen,
die bei Hinrichtungen zugesehen haben,
weil er vorgeblich seine Dissertation dem Befund
von Todeskandidaten widmen wollte;
er hat aber über ein ganz anderes Thema promoviert.
In den Akten stehen ja immer die Namen der Ärzte,
die Dienst bei Hinrichtungen hatten.

HEILMAYER, *als sei alles reibungslos erledigt – und für ihn ist es das ja auch, wie für alle Verbrecher im Justizdienst:*
Ganz pfiffig. Und was, Tina, hat er noch
für eine Überraschung?

TINA, *mephistohaft, durchaus in der Absicht, ihren Vater zu entsetzen:*
Klaus wünscht nicht mehr,
daß du dich verwendest für seine Wiedereinstellung:
er hat es sich anders überlegt.

HEILMAYER – *ein Lachschrei; sofort tritt ihm Angstschweiß ins Gesicht, bald muß er sich setzen:*
«Anders überlegt»: also doch, will der – der Hund
mich fertigmachen, will er nun doch –

TINA, *vorsätzlich noch verwirrender:*
Nein: nicht! – er will nicht mehr, daß du
intervenierst zu seinen Gunsten . . .

HEILMAYER, *der zum erstenmal gar keinen Versuch mehr macht,*

noch den starken Mann vorzutäuschen, so sehr hat Panik ihn befallen:
Er will ... also doch mich – uns alle:
zugrunde richten?

TINA, *verächtlich, laut, faßt ihn sogar an*:
Nein, nein – laß mich doch ausreden ... da: 4711.
Setz dich hin ... hier ist ... nimm das auf die Stirn.
Noch verwirrender, es ist *für sie nicht ohne Genugtuung, den Schuft so zu sehen*:
Um Geld, nur um Geld geht es ...

HEILMAYER, *lacht – aber anders; ohne daß der Angstschrei in seiner jetzt sehr dreckigen Lache ist*:
Geld – wußt ich's doch: kommt immer bei Erpressern!
Das Geld, das liebe Geld, soll er haben –
wieviel denn?
Solche Schweine haben immer ihren Barpreis.

TINA, *die nichts tut, ihre Verachtung zu verbergen*:
Die Angst, deine kleine, schmutzige,
verächtliche Angst: veranlaßt dich,
von dir auf Klaus zu schließen,
pfui Teufel ... Du hättest vermutlich
Geld genommen!
Er will nur, daß du der Mutter des Mädchens,
das zuerst deine Spur fand in den Blutrinnen
hinter den Guillotinen ...
und deren Mann du totgeschossen hast,
weil du anders als dein Parteifreund Schlegelberger
in Rußland keine Guillotine zur Hand hattest,
wie der im Zuchthaus Brandenburg:
daß du dieser von dir zur Witwe gemachten Frau
des ... des Führerbildbeschädigers ...
zu Geld verhilfst!

HEILMAYER – *und entlarvt mit diesem wahren Satz das ganze bundesdeutsche «Rechts»-System*:

Das kann ich nicht. Solche Witwen . . . wie?
kriegen doch nun einmal keine Rente bei uns:
der war ja, der Soldat da . . . der ist doch
rechtskräftig zum Tode verurteilt worden,
wie kann ich . . .

TINA – *während Dieter nur mehr den Kopf schüttelt, weggeekelt*:
Das weiß ich ja . . . jeder, der hier Recht studiert,
weiß ja, daß es keines gibt für Opfer der Nazis: weil
die Hinrichter hierzulande so hohe Pensionen kriegen,
bleibt nichts übrig für die Opfer der Hingerichteten;
wie viele – mehr als vier jedenfalls – wie viele tausend
kriegt denn der höchste Richter dieser BRD,
der – nachgewiesen – vierunddreißigmal mildere
in Todesurteile umwandelte?
Der ach so christliche Pastoren-Sohn!

HEILMAYER, *wieder mit wachsender Angst*:
Was verlangt dieser Klaus von mir!
Ihm könnte ich helfen, wie versprochen,
der Witwe dieses Soldaten aber eine Rente rausreißen:
wie denn? wo denn? Der ist doch rechtskräftig . . .

TINA, *in äußerster Wut*:
Benutz nicht dieses Wort: rechtskräftig . . .
und heul nicht.

DIETER: Die Witwe, Herr Minister, ist nicht alt,
kann arbeiten,
arbeitet ja auch . . . besorgen Sie ihr einen Job,
der sich lohnt: den hat sie nicht.

HEILMAYER: Einen Job – nur das? Jeden!
Das kann ich versprechen.
Klaus soll reden mit dem Mädchen,
wenn das sowieso demnächst seine Frau wird . . .

DIETER, *kalt*:
Dies Mädchen ist nicht seine Freundin!

HEILMAYER: Nein? – unangenehm:

wie bin ich dann abgesichert vor der!
TINA: Tu etwas für die Witwe deines Opfers.
HEILMAYER: Dieter, wollen Sie das,
da Sie unseren Namen nicht tragen,
für mich tun? Feststellen, wo und womit
und zu welchem Gehalt die Frau arbeiten will,
das geschieht dann sofort. Danke Ihnen.
Dieter hat wortlos genickt, zustimmend. Heilmayer fängt wieder an; großes Mißtrauen ist noch in ihm, auch Angst:
Und Klaus – was soll ich für den tun?
TINA, *kurz*: Nichts.
HEILMAYER: Nichts? – wie: nichts?
TINA, *schreit fast*:
Nichts – nichts sollst du tun für Klaus.
HEILMAYER, *fast komisch ist jetzt seine Ängstlichkeit*:
Nichts – einer, der nichts will:
ist aber immer sehr gefährlich!
TINA: Gefährlich – wieso! Du meinst: unabhängig.
Unabhängig von deinesgleichen.
HEILMAYER: Ja. Verstehen uns durchaus:
und deshalb gefährlich.
Wenn ich für ihn nichts getan habe,
kann der ja morgen wieder . . .
TINA: Tut der nicht. Der kommt zwar noch einmal,
aber nur, wenn er ganz sicher ist,
dich hier nicht zu treffen. Dann bringt er Sekt mit,
dann verabschiedet er sich . . . nach den USA!
HEILMAYER: Und warum – plötzlich – will er nicht,
daß ich ihn wieder einstelle?
TINA: Dir will er nicht einmal das verdanken,
was er gar nicht brauchen könnte:
er hält's für ehrenhafter, diesen Staat zu verlassen
mit der Auszeichnung,
politisch zweifelhaft zu sein für den Sicherheitsdienst

eines Staates, der Leute wie dich
mit seinem höchsten Orden brandmarkt.
Klaus kannst du vergessen.
Pause. Dann, als sähe er Versöhnungschancen, sagt werbend, inständig, überzeugend, heuchelnd

HEILMAYER: Dieter bestreitet mir das Recht,
mich zu berufen
auf Radbruch – wir sprachen von ihm, als du mir
die Arznei holtest –,
doch du als Tochter wirst mir zugestehen:
da sogar der geirrt und postuliert hat,
Gesetzestreue stehe über dem subjektiven
Rechtsgefühl des Richters,
da durfte auch ich – ein Dreißigjähriger in Diensten
der von Hitler drangsalierten Justiz – mich irren!

DIETER: «Recht auf Irrtum?» – nennen Sie so
die von Ihnen angeordneten
Enthauptungen wegen Bagatell-Vergehen
oder wegen Widerstands
gegen den Urheber von Auschwitz?

HEILMAYER: Ich habe – beim Leben Tinas schwöre
ich – den Namen Auschwitz
zum erstenmal bei Kriegsende gehört.

DIETER: Glaube ich aufs Wort: wer hat denn damals
schon wissen wollen, wo der Ort liegt,
wie der Ort heißt, wo die meisten verbrannt wurden?
Wir Deutschen, sagen meine Eltern, interessierten uns
nicht für die Wegdeportierten,
so wenig wie alle anderen Europäer:
sondern für deren Wohnungen, Möbel, Geschäfte.
«Recht auf Irrtum»: wie käme ich dazu,
es einem Sterblichen abzusprechen – doch Sie,
Herr Minister, sind von allen Politikern der BRD
jener, der, so eifrig wie keiner sonst,

Berufstätige oder Anwärter auf Berufe brotlos macht,
wenn die Linksabweichler waren
als Lehrlinge, als Studenten, ja – als Schüler!
Messen Sie an Ihren Justiz-Verbrechen
– die sogenannten Delikte unserer Radikalen,
und fragen Sie sich – nein: das führt ja zu nichts,
fragen Sie Tina, ich gehe jetzt –,
ob Sie verrückt sind,
für Ihre Morde Amnestie zu fordern –
Amnestie denen aber zu verweigern,
die als Halbstarke bei einer Demonstration mitliefen!

HEILMAYER, *außer sich*:
«Morde» – Morde: sagen Sie . . .
Dieter hat seinen Mantel gegriffen; mit Angst fragt –

TINA: Heute läßt du mich allein?

DIETER: Du bist nicht allein.

TINA, *während er zur Tür geht*:
Kommst du wieder?

DIETER: Wenn der weg ist.
Überraschend – für die Speicher-Wache – reißt er die Tür auf. Wütendes Dobermann-Gekläff, barsch und ängstlich und laut ruft

HÄMMERLING: Hier bleibscht, halt, steh – Platz, Nero –
Er erscheint kurz in der Tür, macht sie dann von außen zu.
Entschuldigung, bitte – Herr Doktor, konnt ja net . . .
Der Dobermann, der noch in Hämmerlings Worte hineinbellte, schweigt.

HEILMAYER, *der aufgestanden war, Dieter zurückzuhalten, sagt jetzt*:
Ich wollte ja gehen – er war nur schneller.
Er blickt auf Tina, als erwarte er, sie werde Dieters «Benehmen» entschuldigen. Doch sie sagt nichts.
Heilmayer, mitfühlend und niederträchtig:
Und den mußt du heiraten!

TINA: Mußt?

HEILMAYER: Ihr sagtet doch, in sieben Monaten
– freute mich ja!

TINA, *vollkommen tonlos*:
Freute mich auch. Vorbei.
Pause, ganz entschlossen, steht sie jetzt auf und geht rasch zur Cognac-Flasche, hält sie auch dem Vater hin:
Brauchst du keinen Cognac?
Sie schüttet zwei hinab, er schenkt sich bedächtig ein. Bevor er trinkt, sagt sie, gefaßter, fester – und greift den Koffer mit den Papieren und schließt ihn und nimmt ihn weg vom Bett und schiebt ihn unter das Bett, nachdem sie sich unschlüssig umsah, wohin sie ihn abschieben sollte:
Du kannst mir fünfzehnhundert Mark borgen
für die Abtreibung.

HEILMAYER, *entsetzt – versteht nichts, meint ehrlich, was er sagt*:
Abtreiben? – ja, willst du . . . andeuten, daß dieser –
er zeigt auf die Tür, aus der Dieter entwich –
selbstgerechte «Kavalier» dich sitzenläßt,
weil er wegen meiner Vergangenheit
für seine Zukunft fürchtet?

TINA, *Auflachen*:
Hältst du mich für so albern, die Frage,
ob ich mein Kind –
Leise, zögernd, fast weinend dann:
– auf das ich mich so freute, töten muß –
ob ich die von einer Heirat abhängig mache?

HEILMAYER: Warum solltest du –

TINA, *Hände vor dem Gesicht, dann*:
Es ist abgründig – wie – wie unendlich weit
eine Generation
von der nächsten entfernt sein kann:
Du verstehst offensichtlich nichts!

Abgesehen davon, daß mich Dieter selbstverständlich
heiratete, wenn ich noch wollte, hat . . .

HEILMAYER, *aufgebracht*:
Ihr sagtet doch, ihr wolltet heiraten.

TINA, *ebenso, hart fährt sie ihm ins Gerede*:
Hast du wirklich die Empfindung, inzwischen sei
nichts geschehen? Siehst du nicht, daß du
auch mein Leben
– darauf kommt es nicht an, aber mir schon –
versaut hast für immer?

HEILMAYER: Du bist noch abscheulicher als
dein ach so feiner,
dir offenbar durchgegangener Verlobter:
warst sehr erschrocken, als er uns verließ . . .
Du sprichst so herzlos zu deinem Vater,
während ich ihn ja nichts angehe.
Du bist der klassische Wegweiser:
immer genau wissen, wohin es geht,
selber aber niemals den Weg auch gehen!
Er hat sich in die Positur eines Wegweisers gestellt, macht das wirklich ganz komisch: wie der da steht, der Wegweiser, mit ausgestrecktem Arm, aber natürlich unbeweglich.

TINA: Als Witz ganz nett – nur unzutreffend.

HEILMAYER: Wieso! – wirst du nicht demnächst
über andere zu Gericht sitzen,
selber aber das Verbrechen der Abtreibung begehen?

TINA, *kurz*:
Ich werde keine Abtreiber verurteilen.

HEILMAYER, *dummes Auflachen*:
Weil du es . . . sogar
meines Wissens nicht zum erstenmal – na!
Und jetzt vermutlich nur aus Bosheit mir gegenüber:
da ich einen polnischen Arzt drankriegte,
der es an einer reichsdeutschen Frau verübte,

willst du jetzt von mir noch das Geld borgen
und weißt, ich muß es dir geben!

TINA, *eisig, mit Haß*:
Brauchst du mein Taschentuch, du armer,
von lauter Erpressern umstellter ... Vati!
Dein Selbstbewußtsein möcht ich haben: du glaubst,
ich töte mein Kind, das ich ganz bewußt
jetzt gewollt habe, um dich zu grämen?
Auflachen. Hast keinen Blick dafür,
wie obszön das wäre, dem guten Opa Heilmayer
zuzuschauen, wie er einen Säugling herzt
– sich dabei aber den Säugling vorzustellen
der meinem zum Verwechseln ähnlich sah
und den du nicht nur
seinen Vergasern ausgeliefert –
sondern dessen Beschützerin du geköpft hast?

HEILMAYER, *immerhin ein wenig kleinlaut*:
Erstens geht ja gar nicht hervor aus diesen Akten da,
ob es zur Hinrichtung der Polin noch gekommen ist –

TINA: Was macht das für einen Unterschied,
du ... Unmensch!
Wie lebt man denn – wie lebt man,
mit dem Wissen, Richter in Hitlers
Polen gemaßregelt zu haben,
wenn sie aus Menschlichkeit
Todesurteile vermieden hatten?
Wie habt ihr zwei, Mutter und du, fertiggebracht,
uns zu zeugen, Herbert und mich ...
wie kann – wie konnte
Mutter schlafen mit einem
Kind- und Mutter-Mörder wie dir?

HEILMAYER, *hat sie gepackt – mit Entsetzen zuerst auf die Speichertür gezeigt, in höchster Angst, Hämmerling höre, was Tina schreit; jetzt drohend, leise*:

Erwähne noch einmal deine Mutter in . . .
diesen Zusammenhängen,
dann schlage ich dich ins Gesicht – ja:
ob du nun schwanger bist oder nicht.

TINA, *ungerührt*:
Warum nicht, es gibt nichts,
das man dir nicht zutraute,
nachdem man das erfahren hat. Schlag mich,
ich bestehe auf meiner Frage: wie konnte Mutter
mit einem Menschen – wie dir ins Bett gehen?

HEILMAYER, *tonlos*:
Sie weiß nichts. Wie sollte sie . . . weißt doch,
ich lernte sie erst nach Kriegsende kennen.

TINA: Sie aber lernte dich bis heute nicht kennen,
glückliche Frau!

HEILMAYER: Ruf sie an, denunziere doch deinen Vater
– schrei auf sie ein, daß sie sich noch heute nacht
vom Balkon stürzt: das sähe dir ähnlich!

TINA: Natürlich muß ich dir ähnlich sein, wieso nicht
eine Tochter ihrem Vater –
und deshalb kann ich ja auch niemals
Juristin werden: immerhin,
dieser Unterschied ist zwischen uns,
daß ich das weiß, du aber nicht . . .
Daß du sogar ein solcher Feigling warst,
mich nicht soweit
über deine . . . Verbrechen aufzuklären, daß ich
Blumenzüchterin geworden wäre!
Aber nein: Jurist läßt du mich werden!
Ahnungslos blödele ich hinein in diesen Beruf
– in dem ich pausenlos Angst haben müßte,
wäre ich dreist und schamlos genug, ihn auszuüben,
ein Raubmörder, den ich anklage, könnte mir sagen:
bin ich nicht, gemessen an Ihrem Herrn Vater,

ein sehr anständiger Mensch?
Schweigen. Heilmayer nimmt eine dritte rote Kapsel, kaut auf ihr – dann

HEILMAYER: Der Nazi bist du; nicht ich:
denn du denkst in den Kategorien der Sippenhaft,
die ich auch in der Hitlerzeit als nichtig verwarf!
Du willst eine Leibesfrucht abtöten . . .

TINA: «Willst?»

HEILMAYER: . . . weil ich ihr Großvater bin
und wagst, mich Kindmörder zu nennen!

TINA, *erschüttert*:
So nennt niemand seinen Vater, der's nicht muß.
Und lügst schon wieder: hast du nicht
Sippenhaft praktiziert, als du den Säugling
seinen Eltern deshalb ins Gas nachschicktest,
weil auch er Jude war?
Sie liegt halb auf dem Bett, zu Tode «ausgelaugt». Er steht da, fast zum erstenmal wortlos . . .

«Zu deinen Füßen
Öffnen sich die Gräber der Toten,
Wenn du dic Stirne in die silbernen Hände legst.»
(Trakl)

Denn nun hört man in der Stille die in aller Welt sich gleichenden Zuchthausgeräusche, hier noch verteufelter als üblich, da sie einer zur Enthauptung Verurteilten nicht nur irgendeinen Wärter ankündigen, sondern den Vollstrecker . . . Geräusch als würde eine schwere Zellentür aufgeschlossen – und nun hört man Ketten, denn zum Tode Verurteilte waren in Nazi-Deutschland grundsätzlich gefesselt, meist an eine weiter nicht befestigte 75 Pfund schwere Eisenkette, die dem Delinquenten «gestattete, sich frei zu bewegen», in seiner Todeszel-

le, das heißt zu essen, sofern er etwas hatte – zuweilen gab es aber für zum Tode Verurteilte nur einige Händevoll Kraut –, oder den Kübel zu benutzen . . .
Dagegen wurden in den letzten Stunden die Zellentüren meist offengelassen, um zum Beispiel einem Pfarrer den Zugang zu ermöglichen oder auch einem Arzt, denn die Nazis waren sehr besorgt, daß der Delinquent möglichst gesund zu seiner Tötung ging. Oder um dem Henker ungehinderten Zugang zu geben, da der nachsehen kam, ob im Mund Goldzähne seien, die nach der Enthauptung oder Strangulierung herausgebrochen wurden, so wie ja auch aus wirtschaftlichen Gründen den Leichen noch die Zuchthaushose abgestreift wurde. Oder um dem halbkindischen Schuster den Zugang aufzuhalten, der den 269 Frauen, die allein in Plötzensee im Kriege enthauptet wurden, die Haare im Nacken abzuschneiden hatte, was er – wie überliefert wird – sehr gern tat. In diesen Stunden, als die Tür unverschlossen war, hatte man die Verlorenen mit ihrer schweren Kette an einen Mauerring angeschlossen . . .
Während der von Phantasie immer gänzlich verschonte Heilmayer auch jetzt nur sich selber sieht und seinen «Kummer», das heißt: gewisse Schwierigkeiten, entdeckt in der zur Guillotine bestimmten Ukrainerin plötzlich Tina sich selber; sie sieht sich, da sie in diesem Opfer ihres Vaters eine ungefähr Gleichaltrige vermutet; zwar ist Tina noch gar nicht auf der Welt gewesen, als einer wie ihr Vater den Freispruch verwarf, den ein anständiger deutscher Richter in Polen – anständige gab es auch, und gab sie sogar wie diesen an den sonst so berüchtigten Sondergerichten – gegen die Ukrainerin Anna Zwarycz erwirkt hatte, weil die das achtzehn Monate alte Kind des in der Gaskammer

verschwundenen Ehepaars Hirsch-Mamut aus Brody in Südpolen ein halbes Jahr lang davor bewahren konnte, sofort mit seinen Eltern vergast zu werden ... ehe man es ihr wegriß und es den Eltern nachschickte in den Tod.

Zwar weiß auch Tina nicht – woher auch –, ob die Ukrainerin noch geköpft wurde, denn zum Tode verurteilt wurde sie nach Einspruch jenes späteren Münchener Senatspräsidenten, der am 18. März 1965 der «Süddeutschen Zeitung» ausdrücklich zur Veröffentlichung erklärte, er sei nicht wegen seiner Taten in Nazi-Polen vorzeitig pensioniert worden, sondern: «Die Meldung ... erweckt den Eindruck, daß meine vorzeitige Versetzung in den Ruhestand wegen der gegen mich erhobenen Anschuldigung erfolgt sei. Das trifft jedoch nicht zu; ich bin vielmehr schon seit Oktober 1963 infolge eines Herzinfarktes dienstunfähig und habe mich allein aus diesem Grunde genötigt gesehen, meine vorzeitige Pensionierung zu beantragen. Der Herr Bundespräsident hat meinem Antrag mit Urkunde vom 23. 10.1964 stattgegeben.»

Während also dieser Senatspräsident unserem Staat noch einmal öffentlich das Zeugnis ausstellte, daß selbst «Maßnahmen», die er während der Hitlerjahre als Leiter der Abteilung III in der Hauptabteilung der Justiz der Regierung des Generalgouvernements in Krakau ergriffen hat – daß sie n i c h t Bonn dazu veranlassen konnten, ihn vorzeitig, mit voller Höhe der Pension und ohne je Anklage gegen ihn zu erheben, in den Ruhestand zu schicken – das vermochte allein sein Herzinfarkt, nicht jedoch der sich selber pausenlos so nennende «freiheitlichdemokratische Rechtsstaat» am Rhein: arbeitet hier Tinas Phantasie und identifiziert sich mit dem Mädchen, das jetzt auch der Zuschauer wie Tina vor Augen hat: mit den Gesichtszügen Tinas, in Zuchthauskluft mit Zuchthauskopftuch und Holzsandalen.

Während die uns nun vertraute, unverwechselbare Stimme Heilmayers «schneidiger», jünger als heute abend diktiert, tritt aus der Wand gegenüber dem Bett, auf dem Tina sitzt, Tinas Ebenbild, doch in der Hinrichtungskluft und mit Ketten vor der Guillotine. Ihren Vater hören wir diktieren, was – so wörtlich – der in Bayern bis 1963 immer wieder und zuletzt bis zum Senatspräsidenten beförderte deutsche Jurist diktiert hat, um das in Polen gefällte Urteil eines menschlichen Kollegen aufzuheben:

HEILMAYER: «Gegen das Urteil vom 30. Juli 1943 erhebe ich ... außerordentlichen Einspruch ... Es wäre höchst unbillig, wenn derjenige, der in unverfrorener Weise öffentlich aufnimmt, straffrei ausgehen sollte, während derjenige, der dasselbe heimlich tut, dem Tode verfallen ist. Demnach kann im vorliegenden Falle nicht zweifelhaft sein, daß die angeklagte Hausangestellte der ins Getto abgeschobenen Juden Hirsch-Mamut aus Brody, die Ukrainerin Anna Zwarycz – ich buchstabiere: Zwarycz: Zeppelin, Wilhelm, Anton, Reinhardt, Ypsilon, Cäsar, Zeppelin – dem jüdischen Kind Unterschlupf gewährt hat.»

TINA, *während ihres Vaters Stimme verstummt und die Erscheinung «ihrer Schwester im Geiste» machtvoller auf das Bett zutritt, fragt*:
Wie alt war sie? – diese ... Pflegemutter?
Viel jünger als heute ich, nicht wahr?

HEILMAYER – *seine Stimme ist verändert, brüchiger, angekränkelt, so wie sie zuweilen heute abend vernehmbar war, wenn er vorübergehend an Selbstsicherheit verloren hatte*:
Keine Ahnung ... muß aktenkundig sein,
sofern die Akte komplett erhalten ist.

TINA, *mehr zu Anna Zwarycz als zu deren Henker*:

Sich vorzustellen, daß nichts als die Geographie
– das Schicksal ist. Nein: nur der Jahrgang!
Denn wer hätte schon die Ukrainerin sein müssen,
um selbstverständlich zu tun, was die getan hat:
versuchen das Kind zu retten,
bei dessen Eltern sie angestellt war,
bis die ins Gas deportiert wurden . . .
In Berlin oder hier oder in Schweinfurt
. . . wäre auch ich vor einen Richter geraten;
vielleicht vor einen wie der war,
der dieses Mädchen freisprach,
bis du das Urteil aufhobst,
weil «Unterschlupfgewährung»,
wie du das da nennst in deinem Protest
gegen deinen menschlichen Kollegen,
nun einmal mit dem Tode zu bestrafen sei . . .
Vielleicht aber – und diesen entsetzlichen Zufall
nennt man Schicksal, absurd –, vielleicht wäre ich
an dich geraten, an deines gleichen!

HEILMAYER: Natürlich wärst du nicht an mich geraten,
weil du damals wie jedes gesunde deutsche Mädel
in der Hitlerjugend mitmarschiert wärst!
Woher nimmst du Unverschämte den Dünkel,
dich für menschlicher zu halten
in einer unmenschlichen Zeit,
als dein Vater war?
Du hättest einem Judenkind damals auch nur
insoweit Beachtung geschenkt, als du es
als solches – als jüdisch – denunziert hättest!

TINA, *als müsse sie ausspucken vor Ekel, macht sie sein verkorkstes Juristendeutsch nach*:
«Als solches, als jüdisch»: woher weißt du das?
Wenn du aber wirklich so sicher bist,
ich sei ebenso unmenschlich wie du . . .

wie kannst du dann verurteilen, daß ich aufhöre,
ab heute, Jurist zu sein ...
Habe ich dann nicht mit Recht Angst vor mir!
HEILMAYER: Ja, zu dieser deiner Angst
hast du alle Ursache,
denn du bist eine Fanatikerin!
Blick in dich: dann richte mich ...
Du aber hast die Stirn, einem Menschen –
Beleidigt, erbittert:
– und dieser ist zudem dein Vater –,
als individuelle Schuld anzulasten,
was nicht seinem eigenen Wollen und Entschluß
entsprang, sondern einem staatlichen Gesetz,
dem er gehorchte,
wie jedermann, damals und heute, ihm gehorchte ...
TINA: Nein: Die zwei deutschen Richter in Polen
gehorchten ihm nicht:
einer sprach das Mädchen frei;
der andere suchte den Arzt vor deinesgleichen
zu retten, indem er ihm zwei Jahre Gefängnis gab,
was offensichtlich auch gesetzestreu war!
HEILMAYER: Nein, sonst hätte ich weder Grund gehabt
noch Handhabe, diese beiden Urteile zu kassieren!
Warum lenkst du ab von deinem Vergehen!
TINA: Welchem?
HEILMAYER: Du weißt, wie inhuman es ist, ja kriminell:
heute zu ignorieren, daß politische oder militärische
Kollektiv-Irrtümer und Kollektiv-Handlungen
nicht einfach aufgelöst werden dürfen
in individuelle!
TINA: Wenn das stimmt, bin ich total unfähig,
Richter zu sein
– denn für mich hat der einzelne immer Vorrecht
vor dem Ganzen.

Das Ganze gibt es gar nicht, weil jeder Einzelfall
eben dadurch einer ist, daß er sich unterscheidet
von einem immer nur sogenannten,
immer nur chimärischen «Ganzen»,
das es moralisch-rechtlich gar nicht geben kann,
da es unübersehbar ist.
Doch dieser anständige deiner Kollegen in Polen
hat dieses Mädchen gesehen;
der konnte den Baum noch
vor lauter Wald erblicken:
alle Menschlichkeit hört damit auf, daß man
einen Menschen nicht mehr persönlich beurteilt,
sondern sachlich . . . «Der wird persönlich»:
das ist in unserer perversen Gesellschaft
ein Tadel – statt ein Lob!
Hast du dir nie – nein: das hast du nie! –
dieses Mädchen, so wie es jetzt da vor uns steht,
vor Augen gezwungen?

HEILMAYER, *als sei er damit entschuldigt*:
Wie sollte ich! Deine falsche Sicht entspringt gradezu
dieser . . . deiner verrückten Sentimentalität,
den einzelnen zu sehen, anstatt anzuerkennen,
daß jeder sein Recht nur bekommen kann
als Glied des ganzen, des Volks-Körpers . . .
Wenn heute Begriffe von damals
unangemessen erscheinen, ja: unannehmbar
– dann sind doch die nicht schuldig,
Herr im Himmel . . .

TINA, *schroff*:
Laß den weg! – den ewig nur mißbrauchten.

HEILMAYER: . . . die damals guten Glaubens
und pflichtbewußt nach Maßstäben des Gesetzgebers
diese Gesetze zum Wohl des Staates
anzuwenden für ihre Ehrenpflicht hielten,

nein: für selbstverständlich . . .

TINA: Du hieltest für selbstverständlich,
ein Dienstmädchen totzumachen
weil es das Kind seiner Arbeitgeber,
die ermordet worden sind,
vor der Ermordung bewahren wollte?

HEILMAYER: Ich spreche nicht mit jemandem,
der dieses Vokabular im Munde führt.

TINA, *ihn unterbrechend*:
Aha, die Dinge so sehen . . . du hast nie
dieses Mädchen, als wär's
deine Schwester oder Freundin,
angekettet an 75 Pfund schwere Ketten
in seiner Todeszelle
auf den Vollstrecker warten sehen,
wochenlang, Monate, ein Jahr . . .

Es ist nicht völlig auszuschließen, daß Heilmayer jetzt glaubt, was er sagt, da er sich seit Ende Hitlers dies selbst so heftig eingeredet hat; doch vermutlich lügt er vorsätzlich, wie gewöhnlich. Denn viel wahrscheinlicher ist, daß er niemals mehr gedacht hat an dieses Mädchen, an diesen Arzt, bevor er auf die angeredet wurde.

Übrigens hat auch der Herr Senatspräsident in der Hauptstadt des «Frei»-Staates Bayern – als man ihn ansprach auf seine Krakauer Verfügungen, und Schlimmeres, als darauf angesprochen zu werden, ist ihm ja nie daraus erwachsen –, auch dieser Herr Doktor hat allen Ernstes schriftlich und mündlich behauptet, er habe diesen Arzt, dieses Mädchen, deren Gefängnishaft oder Freispruch auf Grund seines Einspruchs in Todesurteile umgewandelt worden sind, dadurch vor dem Tode gerettet! Er bat sogar in einem Brief vom 25. März 1965 den Bundesminister der Justiz in Bonn, ihm diese seine

Behauptung zu bestätigen! Das Justizministerium erklärte jedoch, trotz der angestellten Nachforschungen könne es sich keine Vorstellung davon machen, wie der pensionierte Senatspräsident seine Behauptung begründen wolle.

Es ist unwahrscheinlich, daß Heilmayer als überdurchschnittlich perfektioniertes Schlitzohr glaubt, was er sagt.

HEILMEYER: Jahrelang? – wenn das so ist, ich weiß nicht:
dann deshalb, weil ich die Hinrichtung aufschob . . .

TINA, *erbittert erheitert*:
Das glaubt man dir, der du den Freispruch
mit Worten verworfen hast, die den nächsten Richter
gradezu zwangen, Tod zu verhängen.
Während ihrer letzten Sätze ist die Vision, sie selber sei Anna in der Todeszelle, von ihr gewichen wie eine Zentnerlast.

HEILMAYER: Hört man deine verständnislose . . .
Mitleidlosigkeit mir gegenüber,
der ich dein Vater bin . . .

TINA, *eisig*:
«Der ich dein Vater»: ist das nicht ein klein wenig
weniger pathetisch zu sagen?
Mitleid für dich – angesichts derer, die du köpftest?

HEILMAYER, *ungerührt*:
Ich wollte nur sagen: fast zweifle ich daran,
daß du mir bürgst,
für die Diskretion deines feinen Freundes Klaus . . .

TINA: Das ist dein einziges Problem, ich weiß.
Aus Egoismus bürge ich dafür,
geht ja auch um meinen Namen.
Und bürge nicht nur für Klausens Diskretion,
sondern dafür, daß du nicht kandidierst
als Ministerpräsident,
sofern du noch den Schneid gehabt hättest,
nach heute abend, das zu wollen im Frühjahr . . .

HEILMAYER: Wieso nicht? –
Woher nimmst du die groteske Anmaßung,
verhindern zu wollen, daß ich kandidiere –
TINA: Aus meiner – klingt verdammt pathetisch,
ist aber genau das: aus meiner Zuneigung
zu unserem Land. Ich will nicht,
daß eine Hälfte Deutschlands einen wie dich
als Galionsfigur ertragen muß –
Und zweitens nehme ich mir das Recht
aus meinem Familien-Egoismus:
daß du ein Mörder . . .
HEILMAYER: Du weißt, ich bin keiner, redest aber
dennoch wie – wie eine dieser Illustrierten!
TINA: Damit wir nicht durch Illustrierten
geschleift werden, verhindere ich, daß die
Partei dich noch weiter nach oben schiebt.
Denn dann flöge auf, daß du ein Mörder warst.
Und auch mein Name . . .
HEILMAYER, *wieder obenauf, hart, fast laut*:
Ist ja in vierzehn Tagen nicht mehr der meine!
Da ja eure Generation noch die Ehre hat,
die ihr meiner so gern absprecht –
würde es mich allerdings nicht überraschen
wenn Dieter als Ehrenmann dich jetzt sitzenließe,
sogar schwanger, seit er weiß, daß ich das bin,
was ihr ahnungslosen Verschonten
so rasch und glückverdummt Kriegsverbrecher nennt!
TINA: Ich ein Kind in die Welt setzen,
das du auf den Knien schaukelst:
einen Säugling wie den vergasten,
dessen Pflegemutter du köpftest?
Die Muttermilch bliebe mir weg bei diesem Anblick.
Sie weint lautlos; er sieht das nicht.
HEILMAYER *schreit*:

Hämmerling!

Und mit einem Ruck auch öffnet er die Balkontür und ruft hinaus:

Rutenfranz!

HÄMMERLING, *anklopfend, tritt schon ein:*

Herr Minister –

HEILMAYER, *fällt ihm in den Satz, spricht, schlagschnell wieder gelassen, ja mit heiterer Jovialität; seine Maskenbildung ist erstaunlich rasch und vollkommen glaubhaft vor sich gegangen – sogar anheimelnd ist es, wie er sagt, ja «einheimischt»:*

Nach Hause endlich, wie? – ins Bettchen:
meine Tochter muß ja um acht im Gericht sein . . .
Liebes Kind, grüß mir noch einmal deinen Dieter,
auch den Klaus . . . und Mutter
rufst ja morgen auch an! Sei herzlich bedankt.

Er hat jetzt genug palavert, um die Zeit, in der Hämmerling ihm in den Mantel half, vorsichtshalber mit eigenem Gerede auszufüllen, damit nicht Tina in Gegenwart des nun auch hereingetappten Herrn Rutenfranz – diesmal mit Gewehr, Helm und Schild – etwas sagen könnte. Zu dem sagt sehr amtsforsch und fast unverständlich schwäbelnd

HÄMMERLING: Rutenfranz, bleibe Se in Ihre Position
draußen aufm Dach,
besonders gut sichtbar jetzt, damit net deutlich wird,
daß Herr Minischter grad jetzt abfahrt –
bis wir unten eingestiegen sind,
bitte drauße Position halten, danke.

RUTENFRANZ, *militärisch:*

Position halten bis zur Abfahrt
des Herrn Ministers, jawoll, Herr Polizeimeister.

TINA, *die sich geniert, während ihrem Vater dieser zeremonielle Aufwand zusagt:*

Herr Hämmerling wird nicht protestieren,
wenn Sie den Rest dieses Cognacs
mit hinausnehmen, Herr Rutenfranz.

Da der zögert, übrigens spricht Tina auch ein wenig schwäbisch, wenn sie mit Einheimischen spricht, ironisch:
Dann ist motiviert, daß Sie überhaupt
ins Zimmer kamen, wenn Sie ein Scharfschütze
beobachtet draußen vom Baum.

HEILMAYER, *Rutenfranz aufmunternd; und dann stapft der rasch wieder aufs Dach:*
Also Prost – und gute Besserung, Rutenfranz.
Rutenfranz grüßt stumm verlegen; ab.
Heilmayer will offenbar seiner Tochter wenigstens noch die Hand geben, da natürlich heute die sonst üblichen Küsse nicht denkbar sind. Doch weil Hämmerling noch da steht, kann er nur, in der rechten den Hut, die linke an Tinas Oberarm legen und sagen, obgleich sie sich ja noch nicht voneinander verabschiedet hatten:
Nochmals, also, mein liebes Kind,
Fräulein Doktor,
seid bedankt und schlaft schön!

HÄMMERLING: Gute Nacht, Fräulein Doktor.

HEILMAYER, *mehr zu Hämmerling als zu ihr, der trainierte Heuchler:*
Und unsere Beschützer hier siehst du ja alle
bald wieder an deiner Hochzeit –

TINA, *Hämmerling die Hand hinstreckend, damit sie die ihrem Vater nicht geben muß; Hämmerling macht einen deutschen Bückling, der sogar den Kaiser geniert hätte; auflachend:*
Hochzeit! Was ist der Mensch, daß er Pläne macht,
Nacht, Herr Hämmerling.
Beide Männer ab. Während Tina Geschirr aufs Tablett räumt, ist sie allein. Doch kaum, daß sie damit abging in die Küche, tritt, jetzt den Hut auf, Heilmayer wieder ins Zimmer, geht drei Schritt, dann zurück, um die Tür zu schließen, ruft leise dem Hintergrund zu –

HEILMAYER: Christiane?

Er muß wiederholen: Christiane!
Endlich kommt sie, sich die Hände an einem großen, bunten Handtuch gleichsam wütend-heftig abtrocknend, auf seinen Ruf wieder ins Zimmer. Behutsam sagt er:
Hab vergessen, dich zu bitten, vorläufig Mutter,
solange sie im Sanatorium . . .

TINA, *kurz:*
Zu keinem Menschen sprech ich,
außer zu Klaus und Dieter.

HEILMAYER *will peinlicherweise diese Zusage zu einer Versöhnung aufbauschen, das berührt Tina sehr unangenehm:*
Oh, das ist sehr lieb von dir, ich –

TINA: Nicht lieb, egoistisch.

HEILMAYER, *während er sie in die Arme schließen will, sie sich aber losmacht:*
Weißt du, Kind, es –

TINA, *abwehrend:*
Bitte, Vati – wozu noch reden . . . laß doch.

HEILMAYER, *gekränkt – jene einzige Gefühlsäußerung von ihm in dieser Nacht, von der man sicher ist, daß sie ehrlich, ungeheuchelt, unabsichtlich ist:*
Willst du nicht mal mehr sprechen
mit deinem Vater?

TINA – *und es ist nicht aufzudecken, ob sie ihm jetzt diesen Kinnhaken verpaßt, um ihn für immer loszuwerden, oder ob diese Einsicht sie schon länger gequält hat:*
Sprechen? – worüber noch, solange deine Generation
sich drückt vor der fürchterlichen . . .
Selbstentdeckung, daß es zwar Radikale
Gott sei Dank in allen Ländern gibt;
daß aber Terroristen . . .

HEILMAYER, *lauernd, süffisant:*
Ist da ein Unterschied?

TINA, *entschieden:*

Der zwischen Demokraten und Nazis!
. . . daß aber Terroristen
nur in jenen Ländern wüten,
in denen Nazis und Faschisten regiert haben
– oder: sieht man an dir! – heute mitregieren.
Terroristen gibt es in Deutschland, Italien, Japan:
warum nicht in England, in Schweden, in Frankreich?

HEILMAYER, *böses Auflachen*:
Famos, sollen also meinesgleichen Moro
ermordet haben?

TINA, *lapidar*:
Mit Witzchen kannst du dich nicht entziehen:
ein Staat, den sein erster Präsident
in seiner ersten Rede
eröffnet hat mit dem Bibelwort
«Gerechtigkeit erhöhet ein Volk»
– der aber dann Mörder deiner Kategorie
zu führenden Repräsentanten macht,
ein solcher Staat
hat seine Terroristen legalisiert.

HEILMAYER *schweigt, aufs höchste erregt. Endlich sagt er*:
Es gibt nicht nur den verlorenen Sohn
– es gibt auch die verlorene Tochter . . . aber,
wann immer du zurück willst,
den ersten Platz bei meinem Herzen . . .
wir haben . . . wir haben.

Er weint auf, er kann nicht weiterreden. Er wankt weg.
Sie hat, beide Handrücken gegen die Schläfen haltend, auf dem Bett gesessen, als er nicht davon abließ, zu reden. Jetzt geht sie fast leichten Schrittes hinter ihm her, der aber schon hinaus ist, um die Tür zuzumachen, die er aufließ . . . Dann kommt sie, aus der Tiefe ausatmend, zum Plattenspieler, die Platte liegt schon auf, sie stellt nur noch an: Feuerwerksmusik von Händel. Während sie zuhört, bemüht, von dieser allzu optimistischen

Musik wenigstens für Augenblicke «ausräumen» zu lassen, womit sie heute beladen wurde, was sie jedoch nie mehr loswerden wird; und so fällt ihr sehr bald der barocke, staatsgetreue Festlärm aufs Gemüt und sie muß abstellen – sieht sie auf dem Regal das silbergerahmte Foto, etwa DIN A 5 groß, das sie als Kleinkind auf dem Arm ihres lachenden Vaters zeigt. Sie ist, Musik hörend, aufgeschreckt stehengeblieben vor dem Bild – nimmt es jetzt mit in den Vordergrund, vertieft sich noch einmal in zweifellos ungetrübt gewesene Kindheitsbilder, dann geht sie entschlossen damit zu einer Schublade unter der Bücherwand und tut das Bild hinein und schiebt zu. Und geht ebenso rasch jetzt zur Dachterrassentür, öffnet sie, aus der gleichen Eingebung heraus, unmöglicherweise mit Vater auch hier «fertig werden» zu wollen, und ruft in die dunkle Nacht –

TINA: Herr Rutenfranz!
Sie tritt in die Nacht und wiederholt:
Herr Rutenfranz!
Da der nun heruntergestiegen ist von seinem «Stand»-Platz und in der Tür erscheint, fürchterlich armiert, da er alles mitbringt, was er zur Dachverteidigung dort oben hatte, sagt sie:
Sie können von hier die Straße ja nicht sehen,
aber die sind bestimmt schon abgefahren –
leben Sie wohl!
Er greift linkisch die hingehaltene Hand und verbiegt sich ebenfalls, wenn auch nicht ganz so untertänig wie Hämmerling. Und tappt türwärts, nimmt dort seinen Plexiglas-Schild, bleibt dann aber stehen und schwäbelt –

RUTENFRANZ: Und auch danke für die Feigen
und die Schokolade. Prima.

TINA, *ihn begleitend, sagt:*
Hoffentlich hat's geholfen. Gute Nacht.
Die Terrassentür ist noch offen, die Gardine schwebt ins Zimmer. Tina räumt den schweren bunten Kelim vom Doppelbett, setzt sich aufs Bett, schaut auf ihre Uhr, stellt den Wecker,

zieht die Armbanduhr und den Schmuck ab, nimmt ihr Nachthemd, geht zur Tür und macht das Licht aus. Dann geht sie zu dem Sessel am Bett, zieht sich nackt aus, zieht ihr Hemd an und tritt, noch mit ihrer Frisur beschäftigt, in die offene Terrassentür, um nach Dieter zu schauen oder Baumluft einzuatmen.
Sie kommt zurück, zieht ihr Hemd aus und geht unter die Dekke, dann knipst sie die Leselampe an und versucht, sich zehn Atemzüge kurz in ein Buch, das bisher Bettlektüre war, zu vertiefen – jetzt macht sie sich hoch und wirft es im weiten Bogen ins Zimmer und stiert sitzend zu den Gestalten, die sie im Innern heftig heimsuchen . . . noch weiß sie nicht, ahnt es aber, daß sie von jetzt an aus deren Zugriff nie mehr ganz, sondern immer nur auf Zeit freigegeben werden wird . . . Wie zuletzt, vielleicht nur durch Krankheit bestimmt, Maupassant mit seinem Horla zu leben hatte, so wird nun Tina «sich einrichten» müssen, Gespenster als unerwünschte Gäste unvermittelt immer wieder bei sich zu haben, die an jene Opfer ihres Vaters erinnern, die wenigstens noch eine Erinnerung s i n d: es sind ja dies nur die wenigsten, jene, von denen zufällig – das ist in der Tat ganz zufällig – noch eine Akte existiert, weil es dort nicht brannte, wo d i e lag; und weil irgendwer sie aufhob und zu ihr hinblickte. Ebenso viele werden aufgehoben, o h n e daß irgendwer zu ihnen hinschaut. Was hier Tina widerfährt – darüber hat einer, der noch jünger war als sie, erst vierundzwanzig, eine Aufzeichnung gemacht, nur eine, obgleich er vermutlich für den Rest seines Lebens umstellt war von diesem Begleiter: «Was ich fürchte, ist nicht die schreckliche Gestalt hinter meinem Stuhl, sondern ihre Stimme: auch nicht die Worte, sondern der schauderhaft unartikulierte und unmenschliche Ton jener Gestalt. Ja, wenn sie noch redete, wie Menschen reden» (Nietzsche).
Tina knipst jetzt ihre Bettlampe aus, verändert aber ihre halb sitzende Haltung nicht, sie nimmt Feuerzeug und Zigarette und hat die kaum entzündet, da hört man die Speichertür au-

ßen, die verschlossen wird. Und nun geht die Tür zu ihrer Behausung auf und Dieter tritt ein und macht das große Licht an. Wie sie weiter vor sich hin starrt, fragt er, während er auch die innere Tür verschlossen hat und an ihr Bett kommt –

DIETER: Stört dich das Licht, mein Känguruh?

TINA: Im Gegenteil: Dunkelheit
muß man sich leisten können.
Jetzt, wo du da bist – geht's vielleicht auch ohne.
Hast wieder Hunger?

DIETER: Vergangen, metaphysischen nur: also Durst.
Du?

TINA: Das spült kein Cognac weg.
Mach doch das große Licht wieder aus.
Er geht zur Tür, es auszuknipsen, sie macht ihr kleines Lämpchen an, blickt auf seinen Trenchcoat, den er auszieht, fragt:
Regen? – vorher noch nicht.

DIETER, *hat genickt*:
Wird kalt.
Er geht ab ins Bad. Aus den hohen mächtigen Bäumen jenseits der Terrasse ist das Wehen stärker geworden, nun hört man es sogar; die Gardine schwebt nicht mehr, sie fliegt ins Zimmer. So macht Tina, um nicht nackt gesehen zu werden in dem sehr großen Türen-Fenster, ihr Licht wieder aus und läuft zur Balkontür, die zu schließen und auch um die Übergardine vorzuziehen. Kaum ist sie wieder unter der Decke und hat ihr Lämpchen angemacht, kommt, die Zähne putzend, aber noch angezogen Dieter. Während er die Zahnbürste im Mund und ein Wasserglas in der Hand hat, sagt –

TINA: Sogar dazu hat ich heut keine Energie mehr.

DIETER, *ein matter Versuch zu scherzen*:
Wer putzt denn Hasen und Füchse!
Da sie unfähig ist, offenbar, auf diesen Ton einzugehen, fragt er, eher beiläufig, die Zahnbürste wieder aus dem Mund nehmend, nachdem er im Zimmer herumschaute:

Wo ist das Dynamit? – Hat e r ' s mitgenommen!
Er ist schon wieder auf dem Weg ins Bad, dessen Tür offenbleibt.

TINA: Nein, damit ist etwas ganz Schlimmes passiert!
Sie kommentiert, lauter, weil er noch im Bad ist:
Nur, um ihn aus den Augen zu haben
den verdammten Koffer, schob ich ihn weg,
doch weißt du wohin, blöd und unbewußt?
Unter unser B e t t !

DIETER, *lacht kurz, kommt zum Vorschein:*
Ist ja kolossal symbolisch!

TINA, *ernst:* I c h finde schon.

DIETER, *küßt sie flüchtig auf die Nase, im Vorbeigehen; er geht um das Bett herum und beginnt vor seinem sich auszuziehen:*
Sonst hattest du keine Komplexe.

TINA: Sonst? – nichts mehr ist wie sonst.

DIETER: Na – und! Man lebt mit allem,
du weißt, wie idiotisch ich immer das Schlagwort:
«Bewältigung der Vergangenheit» fand:
die Vergangenheit ist genau das,
woran man nichts mehr machen kann.

TINA: Und mit dieser deiner ach so weisen Feststellung –

DIETER: Fällt d i r eine intelligente ein?

TINA, *deutet unter das Bett:*
. . . willst du da unten, das Dynamit, begraben?

DIETER, *der schon nichts mehr anhat als seine Unterhose, bückt sich und sagt, bevor er das Köfferchen unterm Bett hervorholt:*
Also – damit du schlafen kannst:
ich trag die verdammte Haftladung ins Klo!

TINA: Wenigstens ehrlich: nicht Bewältigung
– Verdrängung. Wie's jeder tut.

DIETER, *im Zurückkommen aus dem Bad:*
Nicht jeder! Dein Vater, bin überzeugt,
war immer einverstanden mit sich. Und dem Führer.

Während er das sagte, ging er wieder um das breite Bett herum, streifte seine Hose ab und ging unter die Decke, ohne aber zu Tina hinzurücken; jetzt stützt er sich, ihr zugewendet, auf seinen Ellbogen, Kinn in der rechten Hand.

TINA *hat sofort seine Aussage bezweifelt*:
Auch rückblickend?
DIETER: So Leute blicken vorwärts, nicht zurück:
daher sie ja auch so erfolgreiche
Gegenwartsbewältiger sind. Und auf den Führer
blickt der auch nicht mehr zurück,
dem verübelt er, den Krieg verloren zu haben,
sonst nichts.
Liebling, das weißt du alles seit hundert Jahren.
Warum noch drüber reden.
TINA, *ratlos, trostlos*:
Könnte von ihm sein: «warum noch drüber reden»!
DIETER: Nun ja, weil er zu denen zählt, die,
was sie getan haben, allenfalls begreifen,
wenn es Folgen hat für sie selbst
– und die hat es ja nicht mehr.
TINA: Hatte es jemals Folgen für ihn?
DIETER: Gewiß: er mußte als junger Mann nicht
wie seine Jahrgänger
an die Front, solange er als Hinrichter
in der Etappe so tüchtig war.
Ich hätte auch versucht,
mich vor der Front zu drücken
und das nur fertiggebracht,
wäre ich Richter geworden.
TINA: Sogar Hinrichter?
DIETER: Das hoffe ich nicht, aber weiß ich nicht.
TINA: Mir hat er vorgehalten, der klassische Wegweiser
zu sein – hinzuweisen, doch selber nicht zu gehen.
Aber der soll mir nichts vorhalten!

DIETER, *hochgeschreckt*:
Willst du was – aus Trotz?
Du bist nicht mehr in der Pubertät.
TINA: Aber mein Bruder:
deshalb wird's für Herbert noch furchtbarer.
DIETER: Du mußt es ihm nicht sagen
– da er's fünfzehn Jahre lang
nicht ahnte. Oder ahntet ihr . . . wußtet ihr doch?
TINA, *wie eine Furie, nach fünfzehn Sekunden völliger Sprachlähmung*:
Bist du irrsinnig! Hältst du für möglich . . .
DIETER, *sehr erschrocken*:
Nein, nein.
TINA, *starrt ihn an, als habe sie ihn ertappt beim Versuch, sie zu ermorden*:
Doch – natürlich: du hast geglaubt,
du glaubst – im Ernst!
DIETER, *hat sich hochgemacht, sie gepackt, geschüttelt*:
Ich hab das nicht geglaubt, spiel nicht verrückt.
TINA, *macht sich los*:
Aber gesagt: gesagt hast du's!
Sie ergriff ihr Nachthemd, das da lag, und ist mit einem Satz aus dem Bett, zieht, wie umstellt, zusammengekauert, das Hemd an und blickt auf Dieter, als wolle er sie niederschießen. Mehr Angst als Abscheu ist in ihren Augen.
DIETER, *schreit*:
Gefragt – und schon gewußt – das ist Quatsch!
TINA, *nach einer Pause*:
Du bist da mit mir – da im Bett,
zwei Jahre lang – und hältst trotzdem für denkbar . . .
DIETER, *schreit*:
Nein.
TINA, *leise*:
Doch! . . . du glaubst, ich studiere Jura,

obwohl ich ... Du glaubst,
ich wollte ein Kind, obwohl ich
... von dem Säugling da in Polen weiß!

Sie lacht hochhysterisch, dann weint sie – nicht ganz so hysterisch. Endlich kommt er aus dem Bett, um sie in den Arm zu nehmen, doch sie kauert, die Beine hochgezogen, im Sessel, vor dem er hockt; vergebens und ratlos ist er um ihre Beruhigung bemüht. Mehrfach hat Dieter gestammelt –

DIETER: Liebling, hör doch ... mein Känguruh ...
ich glaubte es ja nicht, es ist mir ...

Er raucht eine Zigarette an, die er ihr geben will, sie nimmt sie nicht.

TINA: Da – mein Taschentuch ... könntest du mir
geben. Und nenn mich nicht mehr Känguruh ...
stimmt ja bald nicht mehr.

DIETER, *wirft es ihr zu, es war unter ihrem Kopfkissen. Er bettelt, wieder im Bett:*
Auch aus Trotz? Komm – komm zurück.

TINA, *Tränen wischend:*
Morgen kurz nach acht, den TEE nach Amsterdam,
den nimmt dein Känguruh.
Er lacht das weg.
Warte ich länger, ich weiß, wie schwach ich bin,
kriegst du mich wieder rum, wie immer.

DIETER, *überzeugt, aber nicht überheblich:*
Du wirst nicht reisen.

TINA, *böse:*
Du wirst mich nicht anbinden. Nicht mehr.

DIETER: Gut. Reisen. Aber zu zweit – nein: zu dritt.

TINA: Hinweg zu dritt, Rückweg zu zweit.

DIETER: Schwangerschaftshysterie!
Ich werd's hintertreiben.

TINA, *und es hilft ihr, daß sie jetzt so sachlich reden muß, so faktenreich:*

abzukommen . . . dort aus der Badetür
um mich und ums Bett herum an deinen Platz.
Vor unserer Katastrophe bist du, wenn ich down war
– und war doch nie so runter wie heute –,
bei mir eingestiegen.

DIETER, *auch lächelnd*:
Vorher, sah ich, war meinem Känguruh
gar nicht danach.

TINA: Natürlich nicht. Aber grade dann, wenn mir nicht
danach war – kamst du immer;
und immer zur rechten Zeit.

Dieter umfaßt sie, doch sie, die ihm durchs Haar fuhr, steht wieder auf und geht, scheinbar nur der dort zurückgebliebenen Zigaretten und des Feuerzeugs wegen, zu dem Sessel zurück und raucht, stehend, dort wieder eine an.

Ich wollte dich nur hänseln:
heute könntest du wirklich damit
nichts auslösen als – Tränen.

DIETER, *lakonisch*:
Heute? Heute gibt's gar nicht mehr,
heute ist vorbei – seit . . . seit –

Er blickt auf den Wecker, muß sich dazu über ihre leere Betthälfte beugen.

– vier Minuten schon gibt's den verdammten
gestrigen Tag und Abend nicht mehr!

Plötzlich entdeckt er:

Auf wann hast du den Wecker gestellt?

Er hat ihn in die Hand genommen und sitzt wieder in seinem Bett; wie sie auf dem Sessel sitzt, und sieht sie an und

TINA *sagt*:
Hast du gedacht, ich redete nur
von Amsterdam?

DIETER: Du fährst auch nicht . . . Du brächtest uns beide
höchstens um die Nachtruhe . . . und selbst wenn du,

kommt ja oft genug vor,
durchkämst mit deinem Kopp durch die Wand:
was soll der Aufwand
... wenn du in einigen Wochen wieder?
Aber der Wecker geht gar nicht, morgen früh!
Ich meine sogar, wir zwei müßten Klaus zureden,
hier zu bleiben oder wiederzukommen ...
denn daß wir nun dauernd noch
und für den Rest unseres Lebens anerkennen,
was Leute wie dein Vater
aus unserem Land gemacht haben ...

TINA, *erregt*:
Wieso anerkennen?

DIETER: Wieso nicht! – wenn zum Beispiel du dich,
die ich bisher für selbstdenkend hielt,
noch dreißig Jahre nach Hitlers Tod
durch den Führer oder einen seiner Durchführer
veranlassen läßt, dein Kind – unseres – zu töten?
Ich hab ja auch nicht getan,
was dein Alter sich und dir und mir wünschte:
dich sitzenlassen!

TINA, *und geht langsam, während sie redet, auf ihn zu*:
Aber Dieter, verstehst du denn nicht –

DIETER: Nein. Will's auch nicht verstehen.
Will's auch nicht, mein Känguruh.

Vorhang

James Fenton berichtet aus Hamburg über Rolf Hochhuths *‹Juristen›*

Am Donnerstagabend wurde Rolf Hochhuths bemerkenswertes neues Schauspiel *‹Juristen›* gleichzeitig in Göttingen, Heidelberg und Hamburg uraufgeführt. Das war der erste Premierenabend für sein Stück und das letzte Kapitel eines großen Skandals, der die deutsche Presse viele Monate lang beherrscht und der älteren Politikergeneration einiges Kopfzerbrechen bereitet hat.

Skandal und Hochhuth gehören zusammen. Ein Skandal internationalen Ausmaßes begleitete die Uraufführung von Hochhuths *‹Der Stellvertreter›* 1963, seinem ersten Stück, in dem Papst Pius XII. für sein Schweigen der Judenverfolgung gegenüber zur Verantwortung gezogen wird.

Vier Jahre später gab es eine lebhafte Debatte über Hochhuths *‹Soldaten›*, in dem dargestellt wird, daß Churchill in eine Mordverschwörung gegen General Sikorski verwikkelt war. Die Zensurbehörde, vertreten durch Lord Chamberlain, konnte das Stück zwar vom Spielplan des National Theatre verbannen, durfte danach aber nicht mehr aktiv werden.

Der Skandal, auf welchem Hochhuths jüngstes Schauspiel basiert, ist vielleicht am einfachsten in Zahlen auszudrücken: Während des Ersten Weltkrieges wurden 48 Soldaten der eigenen Armee von deutschen Militärgerichten zum Tode verurteilt; während des Zweiten Weltkrieges lag die Zahl um 30000. Die Militärrichter der Nazizeit – «intellektuelle Schwejks», wie Hochhuth sich ausdrückt – kompensierten die Tatsache, daß sie nicht bereit waren, für ihr Land zu kämpfen, dadurch, daß sie sehr großzügig mit der Verurteilung von Soldaten zum Tode bei der Hand waren. Ganz und gar unverständlich ist es, daß die Militärrichter mit ihren Verurteilungen auch dann noch fortfuhren, als Deutschland bereits besiegt war.

Aber die «Statthalter des Rechts» ließen ungestraft die Ruinen des Reiches hinter sich, und nicht einer dieser Militärrichter wurde vor Gericht gebracht oder mußte zumindest Rechenschaft ablegen. Nicht einer, bis Dr. Filbinger in der *Zeit* einen Teilabdruck aus Hochhuths *‹Juristen›* las und Einspruch erhob.

Dr. Filbinger, Ministerpräsident von Baden-Württemberg, war zu Ende des Krieges Militärrichter bei der Marine und hatte tatsächlich einen Soldaten drei Monate nach dem Zusammenbruch des Hitler-Reiches zum Tode verurteilt. Er erhob Widerspruch dagegen, als ein «furchtbarer Jurist» beschrieben zu werden, und brachte Hochhuth vor Gericht. Dort aber verspielte er sein Glück, verlor den Prozeß und bald darauf auch sein Amt als Ministerpräsident.

Zum Schrecken seiner Parteifreunde in der CDU (daran erinnere ich mich noch sehr lebhaft während meiner Zeit, als ich in Deutschland arbeitete) wurde Dr. Filbinger zum Inbegriff tadelnswerten Verhaltens seiner Unfähigkeit wegen, sich an eine Exekution zu erinnern, der er beigewohnt haben mußte, und wegen seines immer wieder beteuerten Glaubens, daß «das, was in jenen Tagen Recht war, heute nicht Unrecht sein kann». Verschrien war er außerdem bei der jungen Generation als einer der Gründer jenes Systems, das politisch radikal Linksstehende aus dem öffentlichen Dienst in Westdeutschland verbannt. Zu der Zeit, als Hochhuth seinen Sturz herbeiführte, wurde Filbinger als möglicher neuer Präsident der Bundesrepublik gehandelt.

Die Hauptrolle in *‹Juristen›* (Friedrich Schütter spielte sie in der Hamburger Inszenierung) ist ganz genauso ein

Mann; ein prominenter Minister, ausersehen für das höchste Staatsamt, ein unerbittlicher Vorkämpfer für den Radikalenerlaß «... und ein Mann mit seiner eigenen ‹radikalen› Vergangenheit als Militärrichter». Das Stück spielt am 9. Mai 1978, dem Tag, an dem die Leiche Aldo Moros gefunden wurde.
Unter strenger Bewachung erscheint der Minister in der Wohnung seiner Tochter Tina (Daniela Ziegler), um mit ihr und ihrem Freund Dieter (Claus Wilcke) einen ruhigen Abend zu verbringen. Klaus (Peter Zilles), ein alter Freund der Familie, hat seinen Arbeitsplatz als Arzt in einem Krankenhaus seiner politischen Vergangenheit wegen verloren. Obwohl er weiß, wie erniedrigend es ist, um eine private Gunst zu bitten, kommt Klaus zu Tina und Dieter und dem Minister in die Wohnung, um zu versuchen, seinen Arbeitsplatz zurückzubekommen, denn die einzige Alternative wäre es, für immer aus dem öffentlichen Dienst als Krankenhausarzt verbannt zu bleiben. Der Minister behält jedoch seinen bekannten unnachgiebigen Standpunkt bei; deshalb entschließt sich Klaus, den Spieß umzudrehen, und er konfrontiert den Minister mit Fakten aus dessen Vergangenheit, die ihm – Klaus – bekannt geworden sind und von denen nicht einmal Tina etwas wußte. Die sich nun ergebenden Auseinandersetzungen werden zu einem fesselnden Schauspiel.
Man kann der Hamburger Aufführung inmitten eines bürgerlichen Publikums nicht folgen, ohne tief bewegt und berührt zu sein von einer solchen hautnahen Konfrontation zwischen dem jungen und dem alten Deutschland. Das Publikum applaudierte, aber ich habe festgestellt, daß dieser Beifall vom Rang ins Parkett übersprang. Die Sympathisanten des Stückes saßen also oben auf den preiswerteren Plätzen; die Gesichter im Parkett waren betreten.

Die Inszenierung mischt realistische und rein dokumentarische Stilelemente. Die Szenen zu Anfang des Stückes in der Wohnung waren dem heutigen Leben in Deutschland so haargenau nachempfunden, daß ich manchmal der Illusion erlag, bei alten Freunden zu Gast zu sein. Wenn die Vergangenheit beschworen wird, verwandelt sich die Rückwand der Wohnung in eine Filmleinwand. Die Rollen im Film sind mit den Bühnenschauspielern gedreht worden – die Tochter sieht sich deshalb als eine Frau wieder, die guillotiniert werden soll, und der Freund, dem die Augen verbunden sind, soll wegen Desertion erschossen werden. Wenn der Minister in seiner alten Uniform im Film zu sehen ist, dann ist die Wirkung nachgerade überwältigend. Im eigentlichen Stück tritt außerdem eine Art Chronist auf, der den Fortlauf des Stückes von Fall zu Fall unterbricht und weitere Fakten liefert. Es wird alles versucht, um der historischen Wahrheit gerecht zu werden.

Hochhuths Stärke in diesem Stück resultiert – so möchte ich es einmal bezeichnen – aus seinem ethischen Realismus, worunter ich verstehe, daß jedes moralische Kernproblem nur unter den ganz bestimmten Bedingungen einer ganz bestimmten Person zu bewerten ist, keiner ist lediglich ein Abziehbild.

Der Minister mag ja ein Repräsentant seiner Generation sein, aber er ist auch ein Mensch aus Fleisch und Blut. Als er einen Herzanfall bekommt, zögert seine Tochter nicht, ihm zu helfen, obwohl sie gerade erfahren hat, daß er ein Ungeheuer ist. Die Enthüllungen über seine Vergangenheit lassen sie ihn hassen und sogar das Enkelkind, das sie ihm gebären soll. Deshalb entschließt sie sich, das Kind abtreiben zu lassen – eine Entscheidung, die ihren Vater sagen läßt, daß sie «der wahre Nazi» ist.

Am Ende des Stückes sind Tina und ihr Freund wieder

allein, immer noch entschlossen, wegen der Abtreibung nach Amsterdam zu fahren, wobei Dieter darauf besteht, daß Tina über das Schicksal ihres Kindes nicht Ereignisse entscheiden lassen soll, die mehr als dreißig Jahre zurückliegen. Sich trotz aller Bedenken *für* das Kind zu entscheiden, wird als der im Moment wirksamste Protest gegen die Vergangenheit akzeptiert.
Mit dem festen Optimismus in die eigene Willenskraft sollte die Jugend ihr Schicksal in die Hand nehmen und es sich nicht von alten Nazis diktieren lassen – so argumentiert Hochhuth. Damit bezieht er einen Standpunkt, gegen den Tina ganz energisch gestritten hatte und an den in Westdeutschland vielfach geglaubt wird, daß nämlich ein Staat im Grunde den Terrorismus von heute heraufbeschworen hat, der es Männern wie Tinas Vater erlaubt, frei und ungehindert leben zu können.

Sunday Times, 17. Februar 1980

(Übersetzt von Malte Hartmann)

Rechnung für einen Stellvertreter

von Günther Rühle

Rolf Hochhuths ‹Juristen› und das gegenwärtige Theater

Rechtzeitig bevor das deutsche Theater mit Hilfe der Parole: Weg von der Politik! ganz einschläft, gibt ihm Rolf Hochhuth ein neues Stück. Der Rigorist, dessen *‹Stellvertreter›* vor sechzehn Jahren das in Verruf gekommene politische Zeittheater wieder als zeitgemäß rechtfertigte, greift mit den *‹Juristen›* deutsche Themen auf; damit sagt er dem Theater aber auch, daß es sich aus der Behandlung öffentlicher Fragen nicht ganz zurückziehen dürfe, wie verständlich das Verlangen danach auch sein mag. Denn im zurückliegenden Jahrzehnt, das wesentlich von der Politisierung des Theaters bestimmt war, ist das politische Theater durch ideologische Vereinseitigung, durch eine Dramaturgie der Voreingenommenheit, durch Mode, Opportunismus und Mitläuferschaft so verkommen wie durch das Abspielen der immergleichen Melodie. Der Dramatiker, der politisch sein will, läßt sich nicht stimulieren von den flüchtigen Bewegungen der Zeit, sondern von ihren bedrängenden Fragen.

Sich diesen auszusetzen war und ist Hochhuths bestes Teil. Es gibt sich und anderen nichts nach und macht Ärgernis. Er spart nicht mit Zorn und Eifer. Er hat sich dabei zeitweise auch verrannt (etwa mit *‹Guerillas›*). Aber er blieb in den deutschen Dialogen doch immer unübersehbar gegenwärtig.

Freilich gehörte es bei den feiner Gebildeten in den letzten Jahren zum guten Ton, Hochhuth zu belächeln. Adornos Polemik gegen den *‹Stellvertreter›* und den Typus des Hochhuth-Dramas, das noch immer auf das Subjekt als Träger einer Handlung setzt, wiewohl – nach Adorno – seine Abdankung zugunsten anonymer Mächte offensichtlich sei, war wie ein Bannspruch, wie eine Verurteilung des Autors und seines Dramatisierungsverfahrens vor dem Angesicht der Geschichte; es war die Verurteilung durch einen Scheidekünstler, der – selbst mit Kritik nicht sparend – mit seinen Beckett-Interpretationen nicht nur dem autonomen Kunstwerk, sondern auch dem Drama der Entfremdung das Wort redete. Für beides ist Hochhuth nicht zuständig. Hochhuth nimmt Anstoß an bestimmten Zuständen. Er ist ein Dramen-Täter.

Wer heute, nach sechzehn Jahren, auf Hochhuths schriftstellerisches Werk sieht, wird sagen müssen, daß nur wenige Autoren (trotz so beschränkter Mittel) doch so viel gewagt haben, thematisch wie theatralisch. Der Rigorist Hochhuth versuchte sogar – am deutlichsten mit der *‹Hebamme›*, die immerhin zwei große Rollen und den Versuch zur Zeitkomödie enthielt –, ein echter Theaterautor zu werden. Aber inmitten dieses Abstiegs in den Erfolg spürte Hochhuth doch, daß sein Thema das war, was ihn als Autor hervorgebracht hat: die deutschen Probleme. Mit *‹Eine Liebe in Deutschland›* und *‹Tell 38›* führte er sich und sein Publikum nun innerhalb eines Jahres in die noch gegenwärtige Vergangenheit zurück. Er behandelt das lange Nachwirken der Verbrechen, die bleibende Beschädigung der Humanität. Er ist in alledem nie primär historisch. Hochhuth (Jahrgang 31) ist ein Nachgeborener, ein vom Krieg – gerade noch – Verschonter, ein Hellhöriger, der durch sein Alter doch noch fixiert ist an jene Zeit. Er sieht die Spur, die von da aus in unsere Gesellschaft hineinläuft. In *‹Eine Liebe in Deutschland›* warf er zum erstenmal die Frage nach der Humanität der Justiz auf. Ein einziger Satz aus diesem Buch hat jenen wahrhaft ödipalen Selbsterkennungs- und Selbstzerstörungsprozeß eines deutschen Ministerpräsidenten eingeleitet, dessen Bild auch hinter dem neuen Stück immer wieder erscheint. In ‹*Juristen*› macht er die Spur ganz deutlich. Ein deutscher Fall. ‹*Juristen*› sind dennoch kein Stück über Filbinger und andere ehemalige Wehrmachtsrichter.

Begleittext zum Fall Filbinger

Hochhuth arbeitete seit fast zehn Jahren an dem hier ausgebreiteten Stoff. Schon 1972 lag unter dem Titel ‹*Juristen*› ein Film-Exposé vor. ‹*Juristen*› ist also nicht die Ausnutzung des Filbinger-Falles, sondern dessen Begleittext. Freilich haben erst die Ereignisse seit 1972, Terrorismus, Schleyer-Entführung, Radikalen-Beschluß, die Verschärfung der politischen Konfrontation, der Generationsbruch, schließlich die von der Erinnerungsarbeit hervorgetriebene Affäre Filbinger selbst den Stoff neu geformt und ihn so in die Gegenwart verschlungen, daß nicht nur die Verschränkung der Zeiten, sondern auch die schlimme Verknotung unserer geistigen und moralischen Probleme hier zur Debatte kommt. Hochhuth läßt nichts aus. Seine Figuren erregen sich bis zum Exzeß, bis zur Injurie. Das Stück reicht vom «Lustspiel» bis zum Pamphlet. Er will «Wirkung». Erwin Piscator, dem Hochhuth sich bis heute verpflichtet fühlt, hat das journalistische Moment immer wieder als das eine und die Verwendung unabweisbarer Dokumente als das zweite Grundelement des Zeit-Theaters benannt. ‹*Juristen*› vereinigen beides. Der Autor, dem Dokumente die Grundsteine für seine Darlegungen sind, zeigt hier wieder seine Herkunft aus dem (vergangenen?) dokumentarischen Drama.

Hochhuth stellt knapp und deutlich fest, daß deutsche Juristen während des Krieges etwa 24000 Todesurteile fällten, von denen etwa 16000 vollstreckt wurden (die Vereinigten Staaten dagegen vollstreckten eins). Hochhuth blickt auf die Bundesrepublik und sieht, daß in ihrer Geschichte etliche dieser Richter eine sehr sichtbare Rolle spielten. Er hat die Namen parat. Nicht nur Globke: Fränkel, der im Krieg 34 Urteilssprüche in Todesurteile verwandelte und dessen Avancement zum Generalbundesanwalt gerade noch verhindert werden konnte. Er nennt den ehemaligen Minister Schlegelberger, er nennt Senatspräsidenten mit hoher Pension. Der Fall Filbinger, den Hochhuth hier «undokumentiert» läßt, ist in unserer Erinnerung.
Der Minister Heilmayer, der in Hochhuths Stück auftritt, ist die aus solchen Beobachtungen abgeleitete dramatische Person, ein Stellvertreter besonderer Art. Eine Kunstfigur mit Assoziationsfeld. Hochhuth führt ihn ein mit viel Aufwand. Der Besuch des Ministerpräsidenten in der Studentenbude seiner Tochter wird vorbereitet. Das Sicherungspersonal tritt auf. Der Ministerpräsident erscheint und will seiner Tochter, die mit ihrem Freund zusammenlebt, zur Promotion gratulieren. Ein Freund beider ist in der Wohnung, Klaus, der, weil er nach dem Dutschke-Attentat an Anti-Springer-Demonstrationen teilnahm, nun aufgrund des Radikalenerlasses um die Zulassung zum Arztberuf bangt. Der Ministerpräsident soll helfen. Aus dieser Konstruktion entwickelt Hochhuth einen Dialog, der sich ständig verschärft, der die Fronten zwischen den Generationen aufreißt und schließlich als – wieder verworfenes – Drohmittel die Akten über die Verstrickung Heilmayers in die Bluturteile des Hitlerreichs zum Vorschein bringt. Der junge Arzt hat sie durch Zufall bei Studien entdeckt.

Hochhuth spielt dann Karte um Karte. Er versucht, wie in den ‹*Soldaten*›, das Spektrum «Juristen» zu weiten. Er weiß und sagt, daß es genug andere Juristen gab, die besser waren als die, auf die er hier anspielt. Aber wo er anspielt, wird es deutlich. Heilmayer, einer der Väter des Radikalenbeschlusses, der zynisch die Radikalität der Jüngeren verfolgt und seine eigene vertuscht, wird hier von seiner Tochter angegriffen: «Daß Zyniker wie du diesen ... Staat in der Hand haben, sagt man sich ja, wenn man nur ein wenig Geschichte kennt; daß aber ihr die Stirn habt, von unserer Jugend einen Funken Loyalität gegenüber diesem Staat zu verlangen, sogar Solidarität, das zeigt, daß ihr doch bei weiten nicht so instinktsicher und intelligent seid wie schlecht ...» Hochhuth läßt jemanden aus der jungen Generation, die nicht mehr ertragen will, daß in das Schuldsystem Verstrickte die Repräsentanten ihres Staates sind, harte Klage führen. Wenn ein Staat Mörder zu seinen Repräsentanten mache, legalisiere er sogar seine Terroristen. Das ist hart, provokativ und innerhalb eines erhitzten dramatischen Dialogs gesprochen.
Hochhuth entschuldigt damit nicht den Terrorismus. Aber an Stellen wie diesen wird wenigstens ahnbar, daß in dieser anscheinend unerträglichen, jede Generation seit 1945 neu herausfordernden Blutschuld ein sich fortzeugender Konflikt verborgen ist. Eine alte Schuld weckt Haß in einer Familie und zerstört sie, weil in den öffentlichen Angelegenheiten ein unausgetragener Konflikt steckt. Hochhuth argumentiert immer nah an der aktuellen Konfrontation. Niemand wird von ihm erwarten, daß er das Atridische, den über Generationen hin wirkenden Fluch der Blutschuld, dichterisch gestalte. Den antiken

Aspekt der Verschuldung auf Generationen hin hob vor kurzem Norbert Elias erst wieder hervor, den Gerhart Hauptmann schon während des Krieges in seiner – vom Theater immer noch verkannten – Atriden-Tetralogie zu gestalten versuchte. Aber daß er in diesem Zeit-Stück doch ahnbar wird, spricht für die Vehemenz, mit der Hochhuth seine Fragen in den Stoff hineinhämmert. Dies geschieht oft ohne Rücksicht auf die dramaturgische Ökonomie, auf Geschmack und Zulässigkeit mancher Mittel.

Hochhuths Leidenschaft entspringt aber nicht purer Aggressionslust. Sie hat einen moralischen Kern. Hochhuth fragt deutlich,was denn höher zu stehen habe: das Recht auf Freiheit des einzelnen, die Achtung von Person und ihrer Meinung oder die Staatsräson. Er ist für die Achtung, für das Recht der Person. Darum schlägt er sich – noch die Toten als Wiedergänger beschwörend – auf die Seite der durch Justizspruch eines Unrechtssystems Getöteten.

Aus demselben Impuls erklärt sich auch seine Frage nach dem Recht, Martin Schleyer den Terroristen zu opfern. «Für mich hat der einzelne immer Vorrecht vor dem Ganzen», ruft diese Tochter gegen ihren Vater. Hochhuth leugnet nicht, daß er damit auch direkt gegen Helmut Schmidt und jene Karlsruher Richter argumentiert, die die Klage des Schleyer-Sohns auf Rettung seines Vaters abwiesen. Daß ‹*Juristen*› am Tag der Ermordung Aldo Moros spielt, erweitert den Argumentationszusammenhang nochmals. Auch da wurde einer – gegen seinen Willen – zugunsten des «Ganzen» (das andere Machtmittel hatte, sich zu behaupten) preisgegeben.

Daß ein dramatischer Autor so rigoros gegen die allenthalben schon grassierende Beruhigung, was geschehen sei, habe seine Nützlichkeit erwiesen, anfragt, ist in sich schon ein dramatischer Akt. Einer zwischen Autor und Öffentlichkeit. Nichts kann ruhen, was im Kern bezweifelbar ist. Wenn schon die Opportunität den Sieger der Stunde stellt, so ist solche Nachfrage doch nötig, damit aus den Urteilen und den Entscheidungen der Opportunität keine neue öffentliche Moral werde.

Hochhuth sieht etwas Gemeinsames zwischen den Todesurteilen im Krieg und der Nichtauslösung Hanns-Martin Schleyers: die Nachgiebigkeit gegen äußere Gewalt, wo Menschenleben zu retten waren. Hochhuth hat Beispiele aus den Hitlerjahren wie aus den siebziger Jahren parat, mit denen er den jeweiligen Spielraum für die Jurisdiktion belegt. Er schätze jene Juristen am meisten, die das Gesetz nach dem Prinzip der Lebensschonung und nicht nach dem der Lebensopferung zur Stabilisierung der Ordnung praktizieren. Er ist generell der Meinung, daß jene betroffenen Richter (wo andere zur Verantwortung gezogen worden sind) zu leicht mit der Berufung auf den «Tatbestandsirrtum» davonkamen. Die Rolle, die Heilmayer spielt, spielt er in der Bundesrepublik. Er ist hier vorgeführt als einer ihrer Repräsentanten. Es ist ein Stück über diese, denn ihre Dialoge sind hier geführt.

Man kann Hochhuths *‹Juristen›* leicht unter Berufung auf den mangelnden «Kunstwert» verdammen. Die schmähend-überhebliche Kritik im *Spiegel*, der in der *Zeit* veröffentlichte Dialog zwischen Claus Peymann und seinem Dramaturgen Hermann Beil (ein Gespräch mit zwei Stimmen und einer Bedenklichkeit) als Entschuldigung dafür, daß man das Stück nicht uraufführe, obwohl doch beide Verletzte aus der Stuttgarter Filbinger-Affäre sind – schließlich Kurt Hübners Rückzug von dem Plan, *‹Juristen›* an der Freien Volksbühne Berlin aufzuführen (wo Piscator den *‹Stellvertreter›* zum erstenmal inszenierte), sind Zeichen genug. Lebte Piscator noch, er hätte gesagt:

«Kein ‹gutes› Stück? Es fragt nach. Man muß es machen.» Auch von dem, was zu machen ist, lebt das Theater. Wäre es nicht so, weder *‹Der Stellvertreter›* noch *‹Der schwarze Schwan›*, noch *‹Die Ermittlung›* wären auf unsere Bühnen gekommen.

Mit Hochhuth-Stücken hat das Theater jedoch seine Schwierigkeiten. Hochhuth ist kein genuiner Dramatiker. (Es leuchtet ihm freilich schwer ein.) Er sieht das Leben nicht dramatisch, er erlebt das Skandalon bestimmter, großflächiger Stoffe als Fragen an sich selbst. Die Formation seiner Materialien, das Gespür für die Widersprüche, eine Intoleranz des Autors gegen Verschleierungen und Zumutungen treiben dann den Stoff in die dramatische Konstellation, Hochhuths pathetische Über-Schärfe ist das Zeichen dafür. Aber kaum eines seiner Stücke kann das historische Material sich ganz anverwandeln. Immer sind große erklärende Einschübe, Kommentare als Rest, als Ergänzung, auch als Fundament da. Selbst Hochhuths Prosa (*‹Berliner Antigone›*, *‹Eine Liebe in Deutschland›*) hat die Tendenz zum Drama. Der Leser des jetzt bei Rowohlt erschienenen «Stücks» nimmt ein anderes Stück wahr als demnächst der Zuschauer. Weil das Hochhuth-Drama immer wieder auf sein Material und auf die historische Situation zurückverweist, der es entspringt, wird es nie zum selbständigen Bild, das einen «Fall» auch in eine über die verhandelte Sache hinausreichende Anschauung erhebt. Das alles macht seine Vehemenz aus, ist aber auch eine Schwäche.

‹Katharina Blum›

Es wird viel gegen ‹Juristen› vorgebracht werden. Juristisches, aber auch sehr viel Formales; daß zum Beispiel die Form der Schürzung des Stoffs dem Geschürzten nicht standhalte. Die konstruierte Familiensituation sei ein zu kleines Gefäß für den immensen, nach eigener Bildhaftigkeit drängenden Stoff. Hochhuth ersetzt das alles durch die Konfrontation und seinen Sinn für Rollen, für Auftritte, auch für den Aufbau von Dialogen (weniger für die dramatische Sprache in Dialogen). Hochhuth hat gewiß keine Sympathie für die Hauptfigur («ein Schurke» nennt er sie im Beitext). Aber er läßt ihr Spielraum für Haltungen und Entgegnungen, über die gerade Zuschauer, denen die Vehemenz der Jüngeren, vor allem der Tochter, entsetzlich ist, ihm Sympathie bezeugen können. Es gehört zur vertrackten Besonderheit dieser Rolle, daß sie um so «wahrer» wird, je glatter, «sympathischer» sie gespielt wird.

So hart, so direkt ist bisher kaum auf unserer Bühne in die Bundesrepublik hinein gefragt worden. Manchem mag zumute sein, daß das subventionierte Theater hier an die Grenze dessen komme, was es noch könne («dürfe»). Also ist das Theater hier auch befragt. Wer *‹Juristen›* liest, denkt an Heinrich Bölls *‹Die verlorene Ehre der Katharina Blum›*. Die Frage bleibt: Wann wird Versöhnung möglich?

GÜNTHER RÜHLE

Frankfurter Allgemeine Zeitung, 7. Januar 1980

Rolf Hochhuth

Rolf Hochhuths erstes Theaterstück «Der Stellvertreter» sorgte 1963 für weltweites Aufsehen. Seine Erzählung «Eine Liebe in Deutschland», von Andrzej Wajda mit Hanna Schygulla verfilmt, führte zum Rücktritt Filbingers. **Rolf Hochhuth**, Jahrgang 1931, gelernter Buchhändler und Verlagslektor, ist ein politischer Schriftsteller, ein Aufklärer. Von keiner Partei abhängig, aber entschieden Partei ergreifend.
«Ich finde Hochhuths Fragestellung, seinen unerschütterlichen Glauben an das Moralische, einfach großartig.» *Karl Jaspers*

Der Stellvertreter *Ein christliches Trauerspiel. Mit einem Vorwort von Erwin Piscator*
528 Seiten. Gebunden und als rororo 10997

Ärztinnen *Fünf Akte*
200 Seiten. Broschiert und als rororo 15703

Judith *Trauerspiel*
272 Seiten. Gebunden und als rororo 15866

Juristen *Drei Akte für sieben Spieler*
210 Seiten. Broschiert und als rororo 15192

Eine Liebe in Deutschland
320 Seiten. Gebunden und als rororo 15090

Panik im Mai *Sämtliche Gedichte und Erzählungen*
(rororo 13001)

rororo Literatur

Täter und Denker *Profile und Probleme von Cäsar bis Ernst Jünger*
(rororo sachbuch 18547)

Alle Dramen *Kassette mit 2 Bänden*
3056 Seiten. Gebunden

Sommer 14 *Ein Totentanz*
400 Seiten. Broschiert und als rororo 13069

Effis Nacht *Monolog*
96 Seiten. Gebunden und als rororo 22181

Unbefleckte Empfängnis *Ein Kreidekreis*
216 Seiten. Broschiert

Spitze des Eisbergs *Ein Reader*
Herausgegeben von Dietrich Simon
336 Seiten Broschiert und als rororo 13334

Weitere Informationen in der **Rowohlt Revue**, kostenlos im Buchhandel, und im Internet: **www.rowohlt.de**

3239/5

Hans Fallada

Das vierte Buch wurde **Hans Falladas** größter Erfolg: 1932 erschien im Ernst Rowohlt Verlag «Kleiner Mann – was nun?». Nach jahrelanger Mittellosigkeit begann eine kurze Zeit des großen Geldes. Ab 1933 wurde es um Hans Fallada einsamer. Während Freunde und Kollegen emigrierten, glaubte er, vor den Nazis, wie er es nannte, einen «Knix» machen zu müssen, um weiterschreiben zu können. Als wollte er der wirklichen Welt entfliehen, schrieb er unermüdlich zahlreiche fesselnde Romane, wunderbare Kinderbücher und zarte Liebesgeschichten. Am 5. Februar 1947 starb Hans Fallada, körperlich zerrüttet, in Berlin.

Kleiner Mann – was nun?
Roman
(rororo 10001)

Ein Mann will nach oben
Roman
(rororo 11316)

Kleiner Mann, Großer Mann – alles vertauscht *Ein heiterer Roman*
(rororo 11244)

Wolf unter Wölfen *Roman*
(rororo 11057)

Der Trinker *Roman*
(rororo 10333)

Jeder stirbt für sich allein
Roman
(rororo 10671)

Wer einmal aus dem Blechnapf frißt *Roman*
(rororo 10054)

rororo Literatur

Bauern, Bonzen und Bomben
Roman
(rororo 10651)

Damals bei uns daheim
Erlebtes, Erfahrenes und Erfundenes
(rororo 10136)

Heute bei uns zu Haus
Erfahrenes und Erfundenes
(rororo 10232)

Süßmilch spricht *Ein Abenteuer von Murr und Maxe*
(rororo 15615)

Wir hatten mal ein Kind *Eine Geschichte und Geschichten*
(rororo 14571)

Zwei zarte Lämmchen weiß wie Schnee *Eine kleine Liebesgeschichte*
(rororo 13320)

Hans Fallada *dargestellt von Jürgen Manthey*
(bildmonographien 10078)

Robert Musil

Als «monsieur le vivisecteur» hat **Robert Musil**, ein Großmeister der literarischen Moderne, sich selbst bezeichnet. Über zwanzig Jahre arbeitete er unaufhörlich an seinem Roman «Der Mann ohne Eigenschaften» – die längste Zeit ohne feste Stellung und geregeltes Einkommen. Musil stammte aus einer angesehenen österreichischen Beamtenfamilie, studierte Philosophie, Physik und Mathematik in Berlin, wurde aber nicht, wie der Vater wollte, Ingenieur, sondern Schriftsteller. 1933 verließ Musil Deutschland, kehrte nach Wien zurück und ging später in die Schweiz. Am 15. April 1942 starb er in Genf, ohne sein Hauptwerk vollenden zu können.

Der Mann ohne Eigenschaften
Roman Band 1: Erstes und Zweites Buch. Band 2: Aus dem Nachlaß
Hg. von Adolf Frisé
2192 Seiten. Gebunden
und als rororo Band 13462 und 13463 und in der Reihe Literatur für KopfHörer; Christoph Bantzer liest; 3 Toncassetten im Schuber 66020
«Dieser Roman ist ein letztes Prunkstück österreichischen Barocks, strotzend von Überfülle, Fleisch und Kostüm, Vorhang und Hintergrund, Sinnlichkeit und Reflexion.»
Ernst Fischer

Drei Frauen *Drei Erzählungen*
rororo 10064 und in der Reihe Literatur für KopfHörer; Otto Sanders liest; 2 Toncassetten im Schuber 66010

rororo Literatur

Die Schwärmer *Schauspiel*
rororo 15028

Nachlaß zu Lebzeiten
rororo 10500

Die Verwirrungen des Zöglings Törleß
rororo 10300 und in der Reihe Literatur für KopfHörer; Ulrich Tukur liest; 5 Toncassetten im Schuber 66015

Beitrag zur Beurteilung der Lehren Machs und Studien zur Technik und Psychotechnik
200 Seiten. Kartoniert

Frühe Prosa und aus dem Nachlaß zu Lebzeiten
Sämtliche Erzählungen
384 Seiten. Gebunden.

Tagebücher
Hg. von Adolf Frisé
Zwei Bände. Gebunden.

Briefe 1901–1942
Hg. von Adolf Frisé
Zwei Bände. Gebunden

Weitere Informationen in der **Rowohlt Revue**, kostenlos im Buchhandel, und im **Internet: www.rororo.de**

3258/5